中山 최병두 네 번째 시집

울다울다 지쳐 버렸다

中山 **최병두** 지음

울다울다 지쳐 버렸다
ⓒ 최병두, 2024

지은이 | 최병두
펴낸이 | 정숙미

1판 1쇄 인쇄 | 2024년 7월 31일
1판 1쇄 발행 | 2024년 8월 5일

기획 및 편집 책임 | 정숙미
마케팅 | 김남용

펴낸 곳 | [도서출판 이유]
주소 | 서울특별시 동작구 상도로53길 31, 401호
전화 | 02-812-7217 / 팩스 | 02-812-7218
E-mail | verna213@naver.com
출판등록 | 2000. 1. 4 제20-358호
ISBN 979-11-86127-29-2(03810)

울다울다 지쳐 버렸다

웅비(雄飛)하는 통일의 나라로……

우리 한민족(韓民族)의 발자취를 거슬러 올라가면 사람이 살기에 가장 알맞은 기후와 풍토를 찾아 정착하였다. 이렇게까지 하는 동안에는 줄기찬 투쟁으로 중국 산동, 요동 반도에서 뱃길로 그리고 압록강과 두만강을 건너 악조건과 싸우며 남쪽의 한(韓) 3국과 여러 부족국을 거쳐 신라, 고구려, 백제, 그리고 후삼국, 고려, 조선, 일제 강점기를 거쳐 지금에 이르게 되었다.

우리 민족을 일컬어 '끈질긴 민족'이라고 하지만, 세계 어느 민족을 찾아보아도 수많은 외침과 고난 속에 꿋꿋하고 지혜롭게 역사를 지켜온 민족은 드물다.
고달픈 삶의 열악한 세월 속에서도 석기, 청동기, 철기 등을 이용하며 분골쇄신의 절박한 생활 속에 주위의 한(漢)족, 몽고족, 만주족, 왜(倭)족, 슬라브족, 아메리칸 등 강대국 그리고 폭군, 악질, 관속, 사대부, 질 나쁜 양반들의 가렴주구와 약탈 인권유린 등에 시달리면서도 찬란한 문화를 이루고, 세계를 향해 큰 걸음을 걷고 있다.

일제 강점기, 8·15 해방, 6·25 한국전쟁, 남·북 분단, 4·19, 유신 치하의 독재 시절, 자유라는 명목으로 포장

된 혼란기, 5·18 광주민중항쟁, 6·10민주항쟁 등 질곡의 현대사를 한평생 살아오면서 내 마음 한가득 자리한 것은 자유와 민주, 인류애, 동포애였다.

6·25 한국전쟁에 참전하여 셀 수 없이 많은 사선(死線)을 넘으며 지켜낸 나의 조국이다, 나의 동포다. 그래서 더욱 이 나라를 발전시키고 자주적인 면모로 세계 어느 나라보다 우뚝 서야 한다.

세월을 뒤돌아보니 나라와 동포를 지키기 위해 흘린 선조들의 장하신 피와 눈물, 땀이 헛되지 않도록 풍자시(諷刺詩)로 기록하였다. 현대를 사는 우리들의 향락(享樂) 속에서 더 크게 분발할 수 있는 결의의 한 구절이라도 되었으면 하는 순정(純情)으로 감히 이 글을 펴낸다.

그리고 우리는 후손들에게 진정한 자유와 평화 통일, 한 민족으로서의 동포애 등에 있어서 모범적인 행동으로 추앙받는 자랑스럽고 떳떳한 조상이 되자고 간곡한 마음으로 호소한다.

2024년 7월 25일

中山 최 병두

갈아야 구슬 되고 닦아야 군자된다

군자는 온갖 것을 자기에게서 구하고
소인은 온갖 것을 남에게서 구한다.
군자구제기(君子求諸己)하고
소인구제인(小人求諸人)한다.

─────── '군자구제기(君子求諸己), 소인구제인(小人求諸人)'
출처 : 《논어(論語)》「위령공(衛靈公)」편

학살(虐殺)

'동학당의 처치(處置)
모조리 살육(殺戮)하라'
1894. 10. 27, 21시 30분
일본군 대본영의
인천 부대에의 하명 내용이다.
'재기 불능토록 아예 싹을 잘라 버려라.'
'살육지시.'
이것이 최초의 집단 학살(genocide)이다.
계획된 집단 대학살
한반도 서남부에 '3로 포위 섬멸 작전'
'아아! 벌벌 떨려 팔 힘 빠져 못 쓰겠네.'

그들의 개인 일기
'서남쪽으로 추격, 농민군 48명 죽이고
10명을 생포, 불에 태워 죽임(1895. 1. 장흥)'
'동학당 7명 생포, 찔러 죽임(1895. 1. 해남)'
이 무렵 정의로운 혁명군은
줄잡아 5만 명이 순국하셨노라.

……

충북 옥천에는 노상의 시체를
개와 새들이 뜯어 먹고……
이토록, 이토록 육신이 떨리게 지독한 생지옥에서
우리는 진정 할 말이 없다!
이것이 모두 이토 히로부미의 지시라니……
인중근의 쾌거가 한층 돋보여라.

탐관오리, 악질 지주의 횡포와
정권의 가렴주구……
살 수 없던 백성들이
과감하게 뜯어고쳐 잘 살아보자고
절규했을 뿐인데……

겁쟁이요, 멍청만 한 명색만의 군주는
힘으로 해결일랑 단념을 하고……
어쩌자고 청군, 일군 불러들여
망국으로 끝장냈나……
아이고, 피맺힌 나는 어이하라고……

삶이 죽는 것만 못하다
<생이불여사(生而不如死)>

❶ 무궁화를 보면 눈에 핏줄 생겨
눈병이 생길 거니 보지를 말라

성씨도 갈아라, 흰 옷도 입지 말라
공출이란 이름으로 쌀은 몽땅 탈취하니
곰팡이 핀 콩깻묵과 퍼실퍼실 안남미로
못 죽어 살았다네. 아이고 배고파라!

내선(內鮮)은 일체(一體)라고
일어(日語)만 쓰라 하니
나라 없는 슬픔이여, 어이 살았던고……

줏대 없는 군왕 탓에 질곡(桎梏)의 36년.
끈기로 버텨 왔네, 모진 민족이여!
피맺힌 나는 어이 살거나

❷ 1392년부터 전권(全權)을
거머쥔 이성계……
왕(王)씨의 고려 왕조는 침몰했으나
후환이 두려워 왕(王)씨라면
싹쓸이 계획이라
천하에 포졸 깔아 왕(王)씨 체포 작전
밭 가는 왕씨의 성을 물으니
'예 저는 전(田) 가이외다.'
삿갓 쓴 노인은
'저는 전(全) 가이외다.'
소변하는 왕(王)씨는
'전 옥(玉)가 올시다'

'알았소'
임기응변 몇 왕(王)씨 용케 살았네
그러나 개운찮은 이성계는
왕(王)씨 소탕 작전을 전개하는데
'왕(王)씨들은 전부 모이시오.
아주 살기 좋은 곳으로 모시겠습니다'……
많이도 모였으니 모두 배에 실어
시퍼런 바다에 수장하였다네
못 죽어 살던 왕(王)씨들…
진짜 진짜…… 말문 막히네, 원통하여라

❸ 때는 660년
나·당연합군에 백제가 멸망이라
의자왕 등 만 여 명의
충신, 처녀들이 당으로
붙잡혀 끌려가네!
종 노릇 하며, 하며
못 죽어 살았어라.
원한의 신라여!
할 말이 있을소냐
한 많은 백제여!
절치부심하자스라.

❹ 대담하고 후덕한 그분
KDJ는 군사 독재와
맞부딪쳐 과감히 싸운

민주, 민족, 애국 투사다.
군발이들의 총부리 위협 속에
숨 막히는 나날들
연금, 징역, 사형까지
빠짐없이 받았구나
세계인의 눈초리 때문
못 죽이고 놔주어
기회만 보다 보다
바다에 수장 집행하려다가
미국의 정찰기에 구조되었으니
천우신조로다
죽지 못해 살다 살다
대통령까지 하신 당신
민족의 선도자여!
영원하시라.

모자(母子)의 피눈물

바다 건너 이역만리 아직 어린 내 아들이
그 언젠가 꿈에 본 듯, 떠난 뒤 이날까지
기다리다 지친 신세, 백발만 남았고야
지평선 저 멀리에 목터지게 불러봐도
저녁 노을에 아른아른 그리운 내 아들아
강남 갔던 제비도 봄이면 돌아오는데
떠난 지 20여 년, 내 아들은 어찌 못 오는고……
피맺힌 나는 어이 할거나

가난이 뭣이던고, 아직 어린 귀한 너를
피눈물로 보내 놓고……
네 몸 달군 이 어미를 용서해다오.
굶주리며 모은 돈 알뜰히 큰 돈 되어
이 어미 쓰라고 보내주면서

눈물로 쓴 그 편지, 눈물로 읽었다오.
오래오래 사시라고 그렇게도 간곡터니
유수같은 세월은 내 몰라라 흐르는데
내 아들은 이다지도 못 온단 말인고

하루도 빠짐없이 목 빠지게 기다리다
이젠 지팡이에 기대고 언덕 위에 올라
버스 정거장만 눈 빠지게 보곤 한숨만……
어제도 오늘도 허탈한 이 발길……
너는 어이해서 영영 못 오느냐.
재희야! 재희야!

못난 자식 기다리다 쓰러지신 어머니
못다한 효도를 이제라도 풀려는데
한평생 자식 걱정 그리움만 가득 안고
영영 못 오실 길 가 버리셨네
개만도 못한 불효자식을 천만 번 접으소서

무심한 세월이여 가슴팍 미어지네
생전에 못다한 자식의 도리 어이 다 할거나!
어머님 영전에 하염없이 웁니다.
아이고! 아이고! 어머니! 어머니!

DMZ의 능소화

철조망을 칭칭 감은 능소화……
붉은 그 얼굴, 웃느냐 우느냐
너하고 함께 죽어 겨레의 한 풀자
너와 함께 죽자고 내 여기 왔다
155마일의 가시 울타리
내가 칭칭 감아 없애 버리고
'새고려민주공화국' 탄생시킬 터
헌법, 국명, 국가, 국기 모두 고쳐서
새롭게 출발하라 1등국으로……
피맺힌 겨레의 한(恨)
너와 함께 풀자구야! 파이팅!!

추석달

남녘 사람들은 북녘을 바라보고
북녘 사람들은 남녘을 바라보고

둥근 달에 시름 찬 마음으로
애달픈 하소연을
70년을 이었다오

둥근 달도 간절탄다.
그 가시울타리 어서 녹이자고
그러나 그러나 달은 열 부족해
8,000만의 그 열기로 녹이란다오.

통한(痛恨)의 미루나무

오! 약한 자의 통한이여!

쪽바리들의 군화 발소리
경복궁을 뒤흔들 제

일제의 주구(走狗) 패들
얼렁뚱땅 매국이라

그것이 조약이냐 늑약(勒約)이지
그것이 합병이냐 강탈이지
총검으로 윽박하니
오금 못 편 임금인가

이놈들 날강도들
어느 땅을 집어삼켜?

가슴팍을 쥐어뜯는 이 분통이여!

매골찬 항일 투사
이리 뛰고 저리 뛰고

독립만이 살 길이다!
피눈물을 뿌려가며

풍찬노숙(風餐露宿)인가
뿌득뿌득 이를 간다[切齒腐心]

늑대 같고 이리 같은
쪽바리 헌병 경찰

우리 투사 잡아다가
사정없이 치고 밟고
인두로 지져대고 손톱 밑에 대못질

말 못할 그 고문(拷問)에
차라리 죽을망정
독종 그 악마에 항복이 웬말이냐

자랑스런 항일 투사
교수대로 끌려갈 제

미루나무 껴안고야
원통해서 훌쩍훌쩍
통곡, 통곡을 한다.

독립을 못 이루고
나는 간다 나는 간다

잘 있거라! 잘 지켜라!
미루나무야!

투사들의 마지막 눈물로
살아온 미루나무 두 그루

'오늘도 훌쩍훌쩍'
서대문형무소 교수대 앞에
외로이 서 있구나!

오! 약한 자의 슬픔이여!

펑펑 내리는 눈발

새벽에 오는 눈발은
오솔길 위에 붐비다.

새벽에 오는 눈발은
짚신 따라 붐비다

새벽에 오는 눈발은
눈 쓰는 소리 뒤에 붐비다

새벽에 오는 눈발은
오~ㄴ 길 따라 붐벼 댄다

여물 푸는 김을 보고
어치 입은 송아지 눈 맞으며 뛰어댄다

태양(太陽)과 지구(地球)

내 둘레를 그리도 어김 없이 네가 도느냐
365일 5시간 48분 46초만에 어김없이
달걀 같은 타원의 네가 23.5° 기운 채 1초도 착오 없이
꾸~ㅁ틀 꿈틀꿈틀 꾸~ㅁ틀 꿈틀꿈틀 리드미컬하게도
내 가까이 오면 만상이 기지개 켜는 봄부터
녹음방초 만화방창의 멋이 추~ㄹ렁 추~ㄹ렁 여름이라
멀어지면 5색 단풍 속에 올굼졸굼 곡간들 채워
북풍 한천엔 포근한 이불 속서 봄을 잉태들 하네

거기에 백(白), 황(黃), 흑(黑)색의 두뇌 만능 동물들은
그 많은 문명(文明)의 이기(利器)에 흠뻑들 젖어 취해
설, 추석, 단오, 상달 나에 맞춰 정해 놓고
희희낙락 시큼달큼 간드러지게 좋아하네

그 작은 별인 너의 10의 3이 바다에 떠서
살아가는 동물, 자랑스런 인간들이
화끈한 정덩어리 열덩어리인
내 덕에 먹고 자기에만 그치지 말라
인간은 사람답게 후손을 위해 음덕을 베풂이 어떠리?
[施陰德爲後孫如何]

한라산, 백두산

한라산 쪽 애국자요
백두산 쪽 애국자여!

잘 통하는 무전기로
북쪽 소식 남쪽 소식 주고받자오.

이쪽의 빅뉴스는 군사 퍼레이드
이쪽의 톱뉴스는 세월호 침몰과 큰 화재(火災)들

진짜 통일 위한 큰 뉴스는 하나도 없어

애국하는 사람들아 궐기하자오.
애국 충정으로 결정들 해요

양쪽의 살상무기 동결시키고
미·중·일·러의 간섭을 밀어제친 뒤

우리끼리 하나되어 잘 살자니까
죽 먹으며 해진 옷 기워나 입고

허리끈 졸라 매고 알뜰살뜰 살아나 가세
통일 잊은 외제차 떼, 호화 주택들

8천 만이 외치자 궐기하자 통일! 통일! 통일 ……
우리의 피맺힘 풀어나 보세.

내 조국

❶ 이래도 한 세상 저래도 한 세상
아무리 땅을 파도
뼈 빠지게 헐근헐근
피 말리게 일을 해도

굶주림 안 풀려 정말 못 견뎌
이러다, 이러다 늙고 병 들면
허무하게 떠나야 할 일회용 인생

에라 모르겠다
'가자 노국으로 중국에라도……'
……

피와 땀과 눈물로
목숨 걸고 지켜온 이 내 조국
아니다, 화려한 이 강산은 뉘게 맡기고
불충하게 떠날 순 정말 없다네
나 혼자라도 지켜야지 그렇고 말고

백골이 진토되어 넋이야 있고 없고
님 향한 일편단심 가실 수 없네
여보! 피맺힌 우리는 어이 할거나

❷ 밤낮으로 뛰고 뛰어
긁어 모은 재산…… 몇 푼
자유자재요 호방한 세상
못 한다 이것해라 제재 없는 땅,
'미주나 유럽으로, 휙휙 떠나

자유를 만끽하며 살아볼거나'
......

안 된다 안 된다 그건 안 된다
조상들이 어떻게 지킨 땅인데
나만 편하자고 떠날 순 없네
크나큰 짐덩어리 짊어나 지고
뚜벅뚜벅 혼자라도 지키며 살자
여보! 피맺힌 나는 어이하라고

우린 올빼미

밤낮으로 육해공군 지켜나 주고
삽살개 풍산개도 잘도 지키네

밤이면 올빼미들 눈코 못뜬다
남으로 경상, 전라, 제주도까지
북으로 함경, 평안, 자강도까지
날개가 꺾이도록 날고 또 날아
조국을 지킨다 평화롭도록

남쪽의 철없는 자들 불야성(不夜城)에서
밝았는지 새벽인지 분간 못하고
밤새도록 슬로우 슬로우 키-ㄱ 키-ㄱ
노래와 춤판으로 시간 녹이네

북쪽 천지는 컴컴만 해서 막막만 한데
더듬더듬 구석구석 살펴나 보니
이집 저집에서 쿨룩쿨룩 골골
앓는 소리 한탄 소리 땅이 꺼지네

언제나 휴전선의 철울타리 걷어 치우고
우리끼리 가슴 펴고 오고갈거나
하하하하 웃음소리 낙원될거나
오! 피맺힌 민족이여!
고마워라 올빼미야, 풍산개야, 삽쌀아!

망부석(望夫石)

여기는 철원의 화지리쪽
철원평야 저쪽에 두고 온 고향
날마다 고개 저쪽 아스라한 길

내 낭군이 웃으며 올 것만 같아
고개 빠지게 바라보는 길
오늘도 여보! 하며 오실 것 같아
고된 줄도 모르고 기다린다오

어젯밤 꿈에도 내사랑 만나
그 넓은 어깨로 안아주더니
허무하고 야속한 게 꿈이었더라

철희 희순이도 잘들 자라
든든하고 튼튼하게 잘들 산다오
올해도 저 단풍은 붉게 타는데
언제나 하나되어 만날 것인고……
천지신명이여 통일을 주오
기다리다 기다리다 바위되리다
여보! 피맺힌 나는 어이하라고.

* 신라의 외교가 김제상이 일(日)에 잡혀 죽은 줄도 모르고
부인은 동해 쪽만 바라보다 바위(망부석) 되고 마는 열녀……
남편의 뺨도 치는 여인들도 있는 파렴치한 세태여!

29

휴전선의 모기

우리는 사람 피를 빨아야
살맛이 난다.

어제는 남쪽 사람 피를 빨고 빨아
통통 배를 불렸다.

오늘은 북쪽 사람 피를 빨아 빨아
이거야, 젖 먹던 힘 다해 쪽쪽 빨아
겨우 한 모금.

홀쭉 배를 못 채우고
하느작하느작 날아왔다오
후유……

남북의 사람들아
뭣들 하느뇨

휴전선 문턱이 반들반들
닳도록 오고나 가서

북쪽 사람 토실토실 살찌게 하소.
그렇게 되면야 하나될 테니
남북사람 모두 좋고
우리도 좋을 터. 헤헤헤! 위-ㅇ 위-잉!

휴전선의 두더지

나는 DMZ의 땅 밑을 왔다갔다
하찮은 두더지라오.

남쪽으로 꿈틀꿈틀 살금살금 와서 들으니
디스코에 댄스라
세상이 시끌시끌 으근바근
마음 툭 놓고 잘들도 노네
여인들의 허벅지가 탐스럽기만 하고
통일이요 안보는 내사 몰라라

북쪽으로 기어기어 살짝 들으니
오두막집 한숨소리 온 천지에 진동하고
굶주린 그분들은 말할 힘도 아예 없네

논밭의 농민들은 허리가 똑깍 부러질 듯
후유!
거기에 화약 내음만 천지에 퍼졌으니
언제나 평화롭게 통일하실래요?
까딱 잘못하면 부끄러운 조상이 되시겠어요.

주름살

당신의 얼굴과 그 손등에
깊게 파인 그 주름살
부끄러운 표상이 절대 아니오.

일제 강점기의 굶주림과 헐벗음
해방 전후의 시달림과 그 고통
그대로 새겨진 자랑스런 주름살

한국전의 그 고통과 처량한 피난살이
남부여대로 절룩절룩 쉬다 가고 가다 쉬고……
그 고통을 이겼기에 오늘이 있죠.

전쟁터서 논밭에서 주린 고통 얼마더뇨
피눈물이 온통 범벅 자랑스런 땀 내음
구부러진 그 허리에 얼굴 온통 주름살

깊이 파인 그 자국이 자랑스런 훈장이여!

이지러질 보름달

반쪽 누리 비추고 내일은 저쪽
활짝 펴고 웃는 듯 보기 좋구나
그러나 각오하라 이지러질 네 몸뚱이
야금야금 쏠며 줄 듯 서글픔이여!

오른쪽이 차츰차츰 줄어들다가
반달 되는 네 신세를 어이할거나

날로 줄어가는 그 몸뚱아리
어느덧 칼날같은 그믐달 되니

돈 잃은 도박꾼이 한숨 지며 보는 달
코 빠치고 땅 꺼지게 한숨 짓느냐

희망찬 내일의 초사흘달아
둥근달 되기에 최선 다하라
그 희망 있기에 보고 또 본다.

휴전선의 보름달

둥글디 둥글다가 이지러지는
그 삶만 되풀이하여 지루할,
네 한살이가 야속하구나.

산 것들에 도움 없는 너의 생리가
뭐라도 몇 가지 있을 것 같아

도둑과 불량패의 길 밝힘에서
온 인류가 활짝 펴고 웃게도 하고

남북의 대표들 창을 밝혀서
휴전선 문턱이 반질반질 닳도록
오고갈 머리가 트이게 하라

그들의 머릿속 가득 겨레 사랑만
차곡차곡 차게 하라 보름달이여!!
피맺힌 우리의 한 좀 풀어라

우린 동해(東海), 서해(西海) 숨차게 지켜왔네!

몇억 겁을 지켜왔다
넘실넘실 출렁출렁
잘 살도록 보살폈다

고기 해초 길러길러
먹이면서 지켜왔네

배 띄워서 어화둥둥
춤 추면서 놀게 하고

영원한 평화 빌며 빌며
숨 차게 지켜왔네

그런데 어쩌자고
잠수함이 뚫고 쑤셔대고
쿵쿵 쾅쾅 군함들 왔다갔다
파멸로만 치닫는가
치고받고 불 튀기면
이거야 남아날 게 뭣이 있나

그 함정 미련없이
몽땅 쓸어 없애거라

내 강산 내 바다를 마음 놓고 오고가자
이것만을 물려주세
천추만대 이어가소

저 늙은 느티나무도
얼쑤얼쑤 춤추리
피맺힌 우리의 한을야 풀어다오

DMZ의 비둘기

어제는 북군 초소 처마 밑에서
밤새 웅크리고 자는 둥 마는 둥
이쪽의 태평소식 북에 전하고

오늘은 남군 초소 처마 밑에서
아비 만나 구구구구 밤새워 놀고
굶주린 북쪽 뉴스 남에 전하고……

어쩌자고 살상연습에 열들만 올려?
무르팍 다 닳도록 한단 말인가
양군(兩軍)들이여! 탱크, 전투기, 대포 등등……
살상 무기일랑 모조리 수장(水葬) 아니면 태워 버리고
모든 것 털털털 털어 버린 뒤
펄펄펄 정이 넘치는 그 포옹으로
정겹게 부비며 살아가자요

DMZ 비둘기의 소원입니다
여보! 피맺힌 우린 어이하라고……

독수리

독술대감 말씀이
당신의 첫째 사랑이 뭔가요?
예, 조국이요
둘째 사랑은?
예, 조국이요
셋째 사랑은?
예, 그도 조국이요

그래서 꿈의 독수릴 타고
서울, 평양, 부산, 개성
빠짐없이 살핀다 통일 조국을

독술아! 두루두루 잘 살펴
착한 동포에겐 복을 듬뿍 내려뿌리고
나쁜 백성에겐 똥을 팍팍 갈겨
망하도록 재앙을 고루 뿌려라
정화된 통일조국 이룩하자오

착한 사람에겐 복비, 복눈 고루 뿌려서
만사가 수월수월 풀리게 하라

그게 복지조국에로의 공헌이란다.
피맺힌 우리 한 좀 풀어나 다오.

한강아! 대동강아!

거레의 수호신은 불호령이다
물만도 공기만도 못한 것들아!
공기나 물, 나무들은 서로 어울려
함께 엉클어져 잘도 사는데
한강과 대동강도 서로들 만나
하나되어 일렁일렁 잘만 노는데
숲의 나무들도 이리저리 얼키어 잘도 사는데……
백의민족이여! 뭣들 하느뇨.
팔 걷고 두 주먹 불끈들 쥐고
DMZ쪽으로 몰려들 가자
얼싸안고 흥겹게 춤들을 추자
만세 만세 부르자 우리들끼리
합쳐서 뭉쳐서 노래하는데
그 누가 말을 할까, 시비를 할까
민족애가 그것이야! 지남철처럼 딱딱들 붙자
태양열보다도 용광로보다도 뜨겁다니까
전 민족이 뭉치자고, 일어만 나면
그 누구도 못 말린다 통일은 된다
정신통일 못함이 큰탈이로다
우리끼리 뭉쳐서 통일된다면
우리는, 우리는 당당한 조상!!
여보! 피맺힌 우리는 해야고말고

왕창 큰 스피커

지리산과 묘향산에 한 대씩 스피커 달고
이 강산의 중앙인 서울에서 방송을 하자
모월, 모일, 모시에 온 민족은
하던 일 멈추고 방송 들어요.

이 시각부턴 우리는 하나
이념이니 사상이니 던져 버리고
우리끼리 자유 민주 세상 만들어
태극기, 인공기 집어치우고
그냥 민주, 민족국가로 하나 되자오
방송은 한층 소리 높이 외친다
온 민족에 왕창 큰 소리로 호소를 한다.
덩치들은 온힘으로 모두 밀어붙이고
죽을 먹어도 하나가 되어
정겹게 정겹게 살아가자고
지도자의 오판은 망국 부른다
오! 임진란, 병자란, 일제침략, 6·25가
내 머리를 스친다
대오각성들 하자!!
여보! 피맺힌 우리는 어이하릿가?

태양신이여!

광명정대한 태양이여!
공평무사한 태양이여!
생명의 원천인 태양이여!

잘못됨은 바르게 세워나 주고
어둠 없이 골고루 밝혀나 주오
남북이 편차없이 풍년이 들어
굶주림 하나 없게 듬뿍 돕고요

자유, 평화 정신으로 완전 무장해
전쟁을 싫어하는 민족이오니
평화롭게 통일되어 잘 살게 해요

농사가 잘 되어 풍년만 들고
풍년이 들어야만 마음 넉넉해
배가 불러야 평화니 통일이니 맘이 생기죠

이것들이 되게 함이 태양만의 힘
태양의 힘으로 통일 이루세

8,000만 중 7,798만 명이
자유요, 평화요, 통일에로
정신무장 한다면야
통일은 하루아침에 이루어질 터
우리 백의민족께 호소한다
전쟁 반대! 전쟁 반대! 전쟁 반대!
피맺힌 우리의 한을 냉큼 풀어다오!
풀어다오!!

꿈속의 케이블카

백두산과 한라산에 큰 말뚝 박고
튼튼한 케이블에 차를 매달아
화려강산 둘러본다? 두근두근 이 가슴을…… 어이

피비린내 물씬한 개마고원 장진호를 굽어보고
1·4후퇴, 피난민, LST……
낭림산을 훌~쩍 넘어 묘향산에 멈췄구나
서산대사 계시던 보현사는 예대로인데……

드디어 평양의 을밀대와 모란봉을 정겹게 볼 제
평양과 대동강은 말없이 맞아주네
시민들은 맥없이 그저 걷는 듯 헤시랑헤시랑

금강산 12,000봉을 두루 살피니
가슴이 미어진다 하나 못 된 민족아!
언제나 하나되어 오고갈거나

통한의 DMZ를 훌쩍 넘어 삼각산인가
으리번쩍 서울이 한눈에 뵈고
아스라이 개성과 인천이 반겨 맞는다

남산과 한강은 변함도 없네
우뚝우뚝 빌딩은 키 자랑하고
가슴 편 서울 시민들은 활보들 하네

속리산에 멈춰 대구, 대전도 멀리서 보고
가야산 저쪽으로 진주와 부산도 볼거리 많네
계룡산서 공주, 부여, 백제의 향기 더듬어 본 뒤

지리산에 멈추니 경상도와 전라도가 한눈에 뵈고
광주와 여수를 슬쩍 본 뒤에
남해를 굽어보며 한라산 갈 제

충무공의 큰 호령이 들리는 듯
남해는 말없이 일렁이기만
제주도는 조용히 우릴 맞누나

아! 서글퍼라! 비단같은 이 강산들
언제나 이렇게 굽어볼거나
남북의 지도자여! 어서 서둘러
뜨거운 피로 하나 되자오.

오판하다간 영원한 불행이 올 수도 있고
큰 놈들의 기세에 눌릴 수 있어
두 눈에 불을 켜고 매의 눈처럼 빙빙 빙빙……

명분(名分) 서고 당당한 조상이 되자.
피맺힌 한을 어서 풀자오.

북을 도와야 통일 빠르다

인심(人心)이 천심(天心)이여
그 수많은 남쪽 사람 산물도 많아

풍토가 너무 좋아 살기 좋은 곳
서울 같은 명당에 사람들 모여
그 많은 즐길 것, 먹을 것 얼마나 좋아

쓰고 남는 것 버리지 말고
알뜰하게 쓰고 남으면 이웃 돕자오

조잡한 풍토에 사람도 적어
산업이 미약하니 산물도 적어
굶주린 북녘 동포 생각만 하면
가슴이 타오른다, 미어터진다

누가 도울 건가 붙잡을 건가
순풍, 호우도 풍작도 하늘이 주고
태양이 고루 비춰 넉넉한 마음

남녘도 우방들도 갑절로 도와
온 동포가 포동포동 힘이 넘쳐서
통일 앞당기는 일꾼이 되세
피맺힌 한은 누가 풀거나
유대인과 게르만이 지탄 쏠까 봐.

업두꺼비의 하소연

업두꺼비는 금수강산 순례를 한다
백두산서 출발하여 아그작아그작 기어 기어……
통일을 염원하며 기웃기웃

함북의 청진에서, 이시애의 난을 토평한 남이 장군과
육진을 개척한 김종서를 기리며
고개를 끄덕끄덕 기도 올리고

개마고원 낭림산맥 힘겹게 넘어
평북에 4군 설치한 최윤덕 생각
조선 선조 피난한 신의주 보고

모란봉에 기어 올라 평양의 지도자께
선의의 정치를 간곡히 빌고
대동강을 헤엄쳐 구월산(九月山)을 바라보며

고려 창업의 개성 송악산에서
북쪽 백성들의 안녕을 빈 뒤
아그작아그작 북한산 올라
서울 시민들의 만복을 빈다

이성계 정치하던 경복궁, 경회루, 근정전 두루 살피고
계룡산에 힘겹게 올라 낙화암, 고란사며
백마강을 아그작아그작 살펴본 뒤에

삼천궁녀, 계백, 성충, 흥수의 애국 기리고
뚜벅뚜벅 헐근헐근, 산줄기며 계곡줄기에
신라의 천년 서울 경주를 보니
큰 무덤들 불국사, 안압지 등 그 큰 공사에

하 많은 일꾼들의 땀범벅 얼굴이 눈에 선하여
혹사한 폭군들이 얄미워진다
피맺힌 우리 한은 어이 풀거나!

당을 끌어들여 백제, 고구려 침략한 그 신라가
아니었다면 광개토대왕과 장수왕의 고구려가
통일했을걸…… 아이고 아쉬워라 원통하여라

뚜벅뚜벅 기어기어 지리산 올라
신라, 백제가 피튀기게 싸운걸 생각해 보니
지금의 남북싸움 비슷만 하여
정신 못 차린 이 백성이 한심스럽네

이젠 또 가야지 아그작아그작 휴전선 쪽에
거기서 힘 내리라 호소하리라

조상과 후손의 중간에서
부끄럽지 않은 조상이 되게
통일의 역군 될 걸 굳게 굳게 다짐하라고……

우린 모두 통일의 역군이 되자!
여보! 피맺힌 그 한을 언제 풀려오!

칠야의 꿈

서울의 하늘엔 잠만 자는 별들인가
찬란한 불야성의 그 빛 때문에

버림 받은 그곳엔 별들도 많아
지상이 칠야이지 잠 못 자는 별들

북녘의 별들도 끔벅끔벅
조는 게 아니라 울고 있겠지

하 많은 눈물이 이슬이 되어
잎들이 축축히 젖어 있구나

눈물을 거두고 제 정신 차려
하루바삐 통일되게 불끈 힘써라

손바닥과 무릎이 모두 닳도록
이 밤도 가슴팍 간절히 통일을 빈다

훌쩍훌쩍 별들의 우는 소리 들리는 듯
엄청 큰 일은 밤에 이뤄지나니

부디 통일을 잉태하여라
피맺힌 우리의 한 언제 풀거나

철마는 운다

뽀~ㅇ 뚜~치~ㄱ 칙 포~ㄱ 폭
칙칙폭폭, 칙칙폭폭,
가슴팍 쩍 벌어진 저 탄부.
저 알통의 팔. 오삽으로 석탄을 퍼 넣어
활활 불태워 태산 같은 물탱크의 물을 끓인다

철판도 뚫어낼 저 물 줄기
그것이 쇠바퀴를 밀고 밀어 칙칙폭폭 부산에 가고
칙칙폭폭 목포에 간다

그런데, 그런데, 그런데! 웬 말이지?
메뚜기 이마에서만 왔다갔다 하는가
3~4시간이면 부산, 목포도 가는데
넘치는 그 힘으로 언제나 신의주, 청진 간단 말이냐
애터져 못 살겠네 정말 정말 못 살아

금강산은 언제 보고 평양엔 언제 갈꼬
리모컨으로 조정해 무기관사 기차 타고
휘~딱 냉큼 가고 싶어
뭣들 하는 거뇨, 이 사람들아
뽀드득 꽁꽁 철마를 묶어 놓고 뭣들 하느냐
내 몸통 내 바퀴에 벌겋게 녹슬어 다 굳어간다
울다 울다 인젠 지쳤다고……
그리고도 단일민족국가라 할 말 있느냐?
여보! 피맺힌 한은 어이 풀려오

정(情) 떠난 내 땅

끈기로 꽃 피워 온 반만 년의 역사
이렇게 갈라진 일 전혀 없었어

조선 말의 핫바지 임금과 신하
청군, 일군 불러들여 피튀긴 싸움
일본의 승리로 끝장났기에
36년토록 쪽쪽 빨리어
온갖 서러운 일 모두 겪었네

쌈닭같은 일본이 2차전의 패전국
일본 땅인 조선반도를
미국이 선을 그어 북은 소련에
분할한 그 선이 북위 38선

북쪽의 김일성정권
1950. 6. 25에 소제 탱크 앞세워
남침을 감행, 피튀기게 3년을 싸워

이제 그만 싸우자고 선 그었으니
이 선이 생긴 건 오로지 일본 때문이니
역사상의 큰 원수 잊지를 말자

보아 주고 가꾸는 이 하나도 없는
황량한 DMZ 어설프기만
초목들도 쓸쓸히 울고 섰는 듯
노루, 토끼, 멧돼지, 꿩과 꾀꼬리……

온갖 동식물이 외롭게 그냥 사는 한 많은 그곳.

오늘도 날개 처진 까마귀만 까옥까옥
울며 왔다갔다 어설픈 우리 땅아!

피맺힌 한을 언제 풀거나.

울다울다 지쳐 버렸다

155마일의 봐 주는 이 없는 황량한 이곳
의지할 곳 없는 것들 덜덜 떨다 떨다
죽어 가는 거지인가

버려진 땅에 나서 버려진 채 서 있는 푸나무들
눈으로 볼 수 없는 외로운 것들
주인(主人)인 8,000만 명 정말 매정해

7년(年) 대한(大旱)의 논바닥처럼
바싹 말라 버린 몰인정한 사람들아
우리 푸나무들도 울다울다
지쳐 버렸다.
여보! 피맺힌 우리는 어이 살라고……

양(雨) 천년(千年)의 주목(朱木)

백두대간의 중턱 태백산 마루에
설한풍과 싸우다 말라 버린 너
한(漢)적(賊), 몽(蒙)적(賊), 만주(滿洲)적(賊)
왜(倭)적(賊)들과 900수십 번
줄기차게 싸워 온 우리 배달족만 같구나

허옇게 말랐지만 천년만년 더 버티렴
그 악착스런 한파와 풍토를 이겨낸 너

옷깃을 여미고 응시하며 다짐한다
부끄럽고 겸연쩍어 할 말은 없지만은

그 도적떼 같은 한파와 싸우다 싸우다 말라 버린 너

우리들은 털로 싸고 이불을 덮고
한 술 더 떠 지나친 사치와 낭비로
세월아 가지 마라 하는
비(非)국민(國民)도 있다 이 말이여!

이 순간부터 너희로부터 배우자
몇천 년을 싸우며 살아온 그 끈기와 투지를

그 깡다구니와 뼈다귀로 몇천 년을 더
아! 버티고 또 버틸 자랑스런 주목아!

가자 영원토록!! 한 맺힌 민족과 함께

반달

돛대도 삿대도 없이 그냥 가는 너
푸른 바다에 외로운 한 조각배!

서쪽에만 있지 말고 동으로도……
멎지 말고 그 파도만 헤쳐라

태양 뒤에 숨어서 힘을 더 길러
혼자지만 지쳐 지쳐 침몰하지 마

네 배가 불러 불러 돋아오르니
희망찬 둥근달을 생각하며 힘차게 가자

샛별이 등대라니 길 잃지 말자
반쪽들이 합치는 날 지구촌이 들썩
환호하리라

우리끼리 살~짝

DMZ의 헌 까치집 옆 바위 밑에서
비둘기는 새근새근 잘도 자고
남쪽으로 휘~ㄱ 날아 살펴나 보니

평화롭게 전철로 버스로 자가용으로
말없이 쌩긋쌩긋 출근들 하네
이 소식을 북쪽에 알려나 주고

다음날엔 북쪽 아침 살펴나 보니
자전거로 버스로 두 다리로
말없이 표정없이 출근들 하니

미어지는 가슴으로 남쪽에 알려
평화 통일만을 간절히 비네

비둘기는 목이 터져라 호소한다
모월, 모일, 모시 휴전선에 남북민이여!
구름처럼 모여

우리끼리 살~짝 하나 되자오.

그 기쁜 소식을 5대양 6대주에
내가 알릴 터……
여보! 언제나 피맺힌 한 풀리려는지……

내 하늘

비둘기, 까마귀, 기러기……
어깨춤 얼쑤얼쑤
제멋대로 오고가네

흰구름 먹구름들 거침 없이
바다의 배처럼 떠가네 둥둥둥……

분단인지 통일인지
내사 몰라라. 자유자재로군!

그런데, 그런데 이 사람들아
전투기 폭격기라 휴전선은 못 넘고

뜨르렁 따따 따따 꿍꿍 쾅쾅……
기총소사, 폭격훈련만
이래서는 안 되지. 절대 안 되지.
죽이는 연습만 해선 안되고말고

아서라! 그 전투기들 모조리 고쳐
여객기와 열차로 단장을 하여
왔다갔다 통일 노래 부르며 흥을 돋구자

콧노래가 절로 난다 이거야 살 맛 난다
중(中)·미(美)·일(日)·러[露]도 함께 즐기자
우리의 한만 풀릴 날이 성큼 올 것만 같네.

인생(人生) 훈장

가뭄에 자라등이 된 논바닥
그 같은 손등 아닌가!

씨 뿌려 가꾸고, 자식 기르다
허리가 휘도록 손발톱이 닳도록
억세게 살아오신 그 자국……

장하신 그 주름살
자랑스런 훈장이요

난리요! 전쟁이요! 외침(外侵)이요!
이 일을 어찌할꼬

가꿔서 수북한 것들을
버려, 버린 채 그냥 이고지고……

종종 종종…… 걸음아 나 살려라
이리 뛰고 저리 닫고

그렇게 생이불여사(生而不如死)로
엮어 오신 공적(功績)
아! 오늘은 오로지 당신들의 보람이요
피눈물, 땀의 대가……
태양은 오늘도 성인처럼 환하게 비추며 웃네
피맺힌 한은 언제 풀려고.

단풍

희망찬 그 여름엔
녹즙이 댕강댕강 떨어질 듯
노쇠(老衰)한 나 조락일랑
생각조차 않았는데

스산한 가을 바람
피 말리는 저온저습······

살라고 버둥대도
동화작용 할 수 없어

붉게 붉게만 타들어가네
처절한 낙엽들의 탄식
내 신세도 끝장인가 끝장이여?

철없는 관광꾼아
붉은 피 토하며 스러져 가야 할
슬픈 우릴 보고

환성 탄성에 죽도록 좋아하는가
한에 찬 단풍 생각하자스라

오! 내 조국

서북쪽의 매찬 무리와 쉴 새 없이 싸우고
남쪽의 이리 떼와 맞닥뜨려
온 강산이 짓밟혀도 내 짐만은 짊어지고

무릎이 똑깍 끊어질 듯
지~ㄹ 지~ㄹ 끌며

북으로 떠밀리다 남으로 내쫓기다
갈팡질팡 아! 이 고달픔이여!

발바닥의 핏자국을
찌걱찌걱 찍어온 지
어언 반 만년!

내 짐만은 짊어지고
손발톱 닳도록 허우적허우적 기어왔노라
지금은 끊긴 허리

허리끈 단단 죄고 할딱할딱
그래도 내 짐덩이만은 놓칠 수 없어

손바닥에 피를 거머쥐어도……
죽어도 내 짐덩이는 꾸~ㄱ 안고
외나무다리 아슬아슬 건너왔기에

이대로나마 물려주리라
오! 나의 조국! 죽어도 꾸~ㄱ 안고 지키리……
내 후손이 살 곳이야. 이래선 안 돼.
피맺힌 한을 언제 풀거나

불사조(不死鳥)

삼강오륜(三綱五倫) 살아 있는
어엿한 배달민족

요조숙녀들은 온누리의 거울이라
부모 남편 잘 받들어 든든한 가통(家統)……

꿋꿋이 짐 짊어진
두꺼비 같은 남정들의 뒷바라지

빈한만 한 가정 꾸리며
눈코 뜰 새 없이 달려온 배달의 여인(女人)
그대는 불사조(不死鳥)

난리다! 전쟁이다! 남부여대
이리 뛰고 저리 닫고

헐벗고 굶주리며
지쳐 버린 그 삶에도……

침이 바싹바싹
목이 타고 똥이 바글바글 끓어도
은근과 끈기로 버텨왔노라
내 집덩이 지키려고

두 동강 난 내 집덩이 언제 하나 될거나……
겨레의 한숨 소리 땅이 꺼지네

폭염

논바닥 쩍쩍 거북등 양 민망하고
저수지의 고기들도 북어처럼 바싹 말랐구나

빠삭빠삭 푸석푸석 빼실빼실 말라만 가네

삼라만상이 활활 타는 듯
이 가슴도 빠삭빠삭 조여만 댄다
비비 꼬여 똘똘 말려
별수없이 끝장인가, 무슨 죄값 받는 건고?

말랑말랑 아스팔트 검은 죽만 그리 같고
물고기는 뻐끔뻐끔, 닭·오리는 할딱할딱
볶여볶여 타들어들 가는구먼

어깨 처진 늙은이들 그늘 찾아 할딱할딱
부채야 나 살려라 억세게 부쳐대네
선풍기, 에어컨도 있으나마나 후끈후끈 이 찜통

별수없이 푸석푸석 이것이 사막이라
어이 살거나 무심한 하늘이여!

궁(窮) 즉(卽) 통(通)이라
천둥, 번개치며 동이물 같은 소나기
만상이 살맛난다. 온 백성의 기쁨이여!

World 뉴스에는 홍수 맞은 중국의 황하
고르지도 못허이

인생(人生) 항로

줄 태산 같은 파도를 넘어
연어는 알 낳으려 남대천 찾고
뼈 깎는 설한에도
매화는 꽃망울 터뜨린다.

6·25의 잿더미 속
눈망울은 말똥말똥

끈질긴 배달인은 털털 털고 기지개 켰다
이 영원한 열사의 길을 걷듯
사람은 오아시스를 찾아
5척의 육신을 끌고 끈다.

얼어붙은 들녘에도
보리는 웅크리며 기를 지키고
마늘은 영하에도 매운 향 간직한다.

절벽이면 뚫어라 터널도 내자
바다에 닿으면 배를 띄워라
시련 극복 없이는 성취는 없고
단련 없이는 강철도 없다

희망의 알을 품은 자여
샛별 등대 따라 멈추지 말라
인생(人生)은 고해란다 파도 드높아
노도만 몰아치니 조각배는 요동친다
그래도 지긋이 눈 감고 이 앙당물면

먹구름 뒤의 태양도 씽긋 웃고
잔잔한 뱃길 열려 콧노래 하리

소식이나 전하며 살자

썰렁한 휴전선의 가운데만큼
남북의 백성들이 볼 수 있도록
대형 TV 두 대 설치해 놓고
남북 사정 서로들 알려나 주면

서로 사는 모습이 불 보듯 뻔해
통일의 새싹이 움터 오를 터

좋은 것은 본따서 발전시키고
안 좋은 건 서로 고쳐 권고들 하여
남는 건 서슴없이 도와들 주세

이렇게만 속정이 솟아오르면
원한은 봄눈 녹듯 사라질 거니

뜨거운 가슴으로
부벼대고 얼싸안아 정겹게 살세

정으로만 뭉치면 최강국 될 터
쇠처럼 맺힌 한이 풀릴 날 올 것만 같아

파도여!

시퍼런 파도, 일렁이는 파도
아리따운 꽃들이……

허우적이다 성낸 파도에게
둘둘 말려 가 버렸다

아이고! 아이고! 불러도 대답없는
꽃같은 너희들이
살려 달라 그렇게 몸부림쳐도

허우적허우적 하는 너희를
그냥 홀랑 삼켜 버린 노도

맥없이 살아 있는 매정한 자들
뭐라 할 말 없네, 명분이 없네

부디 비나니 환생들 하여
힘없는 이 겨레를 이끌어 다오

피맺힌 한을 언제 풀거나

비 내리는 휴전선

남쪽은 1,200mm
중부는 1,000mm
북부는 800mm의 연평균 강우량

이렇게만 내리면야 해마다 풍년

DMZ에 촉촉이 비 내리는데
우산 밑서 물끄러미 비 풍경 본다

보슬보슬 바람없이 비 오는 날
무인지대에 후줄하게 넉넉한 복비

초목들은 무심히 무성하건만
뉘라서 너희들을 완상(玩賞)할거나

힘없이 희망없이 그저 자라는
그 속의 생명들이 너무 안쓰러

이 겨레의 운명을 되짚어 보며
아리송히 그려보는 평양의 풍경

목 메이게 통일이여! 평화여! 되씹어 본다.
아무리 생각해도 달랠길 없네

오늘도 천안함 사죄하라, 5·24 해제하라
팽팽하기만……
여보! 한과 피맺힌 나는 어이하라고……

실망하는 DMZ

허리띠로 꽁꽁 묶어
핏줄 신경 끊긴 지 68년

얼빠진 겨레라 혹평을 해도
한마디 대답 못할 허수아비들

이승만, 김일성이 갈라 놓은 38선
그대로 묵인하고 건성 세월 짊어져

이 강산을 적화(赤化)하려 6·25 남침
대통령은 부산까지 36계라
UN 16국이 목숨 걸고 반격해
미(美)·소(蘇)가 그어 놓은 한 맺힌 DMZ

주인들은 뭣들하고 강한 놈에 몸 맡겨?
뭐라 할 말 있나 이 시대의 백성들아

임진란, 병자란, 한·일합병을 어찌 감히 비평하리오

아무도 돌봄 없는 휴전선의 생물들은
당신들 탓할 힘마저 빠졌다오

이 실망 희망으로 언제 돌릴려……?
통일독일 번창이 한없이 그립구나
내 앞의 큰 욕심 미련없이 내려놓고
사랑으로 똘똘 뭉쳐 천세만세 누리세
모든 일과 제치고 피맺힌 한부터 풀자구요

눈 내리는 휴전선

흰 눈이 펑펑 쏟아지는 날
눈 맞은 까마귀는 날개를 접고
시름에 찬 눈을 깜작깜작

하느작하느작 남쪽 둘러보고
북으로 힘없이 날아가더니
얼마 있다 바로 와서 까옥까옥

북쪽의 굶주림을 까옥까옥 알리는 듯
남쪽의 불난 소식, 코로나 소식
알렸다고 까옥까옥

눈을 흠뻑 맞으며 분단을 슬퍼하듯
까옥까옥 너 혼자만 울고 있느냐
내 가슴도 도려내듯 너무 쓰리다

한 치도 양보 없는 남북의 왕고집이여!
어이 할거나
여보! 피맺힌 한을 언제 풀려오?

그곳의 고사목(枯死木)

이 넓은 땅덩어리
삼라만상이 붙어 사는
엄마같은 덩어리

아무도 봐 주는 이 없는 외톨이로
한반도의 DMZ에 살게 되었노?

하나 되면 관광객이 구름처럼 몰릴 텐데
언제나 기쁜 소식 있을려는지

기웃기웃 기다리다 그냥 지쳐
이 목이 똑깍 끊어질 듯

견디다 견디다 지쳐 시들어
장하게 살다 간 휴전선의
고사목(枯死木)이라 일러나 주오.

언젠가는 그 한을 기어이 풀테야!

한숨

가랑비에 적시는 듯 마는 듯
밤 사이에 가는 빗소리 들리더니
다 녹은 눈[雪]물로 남쪽 냇물 불었구나

비 개인 산야에 풀빛 짙은데
님 보낸 DMZ엔 슬픈 콧노래만
임진강 푸른 물은 무심히 흘러만 가고
한숨 따라 흐르는 하염없는 눈물이여!

비무장지대에도 어김없이 가을인가
북쪽에서 전해오는 가을 소식에
서리 맞은 단풍은 버릇이라 붉었는데
끼욱끼욱 기러기 소리 저문 날 구름 속으로 사라지네

백설에 뒤덮인 길들도 인적은 끊겼는데
꽁꽁 언 숲속을 힘 빠진 노루, 토끼 서성거릴 제
남쪽은 얼음 즐겨 시간 가는 줄 모르는가
북의 기침소리 들리는 듯 달빛마저 차가워라

언제나 한숨소리 사라질 날 있을 거냐! 아이고……

슬픈 노래

산야(山野)는 만화방창, 강변(江邊)엔 수양버들!
이산이 안타까워 땅 꺼지는 저 한숨

올 봄에도 못 만나니 한숨 소리 안 들릴까
아스라히 평양길 뵈는 언덕엔 겨우 올랐건만
벽만 높아지니 만날 날은 언제인고

닭 울고 개 짖어대던 그 마을의
은하수만 비치는 맑은 강가에

늙고 병든 몸이 하릴 없이 한숨지으며……
남은 친구는 손꼽을 정도인데
언제나 '통일이요' 소리 듣고 갈거나

봄바람은 노쇠한 병골이 애처로운지
살짝 시내로 불어 도화(桃花)가 질 제

백년 인생의 시름을 풀려는데
코로나 소식에 스산만 해져
어떻게 살거나 가슴만 저려온다
여보! 피맺힌 우린 어이하리오

엄벙덤벙하다가

끈적끈적 진흙골에서 가까스로 빠져는 나왔건만
꼴통 애국영감, 김진사 말에 우이에 독경
이(李)노인은 미국에만 홀랑 빠져
콧대만 높여 엄벙덤벙하다가

1950년 6월 25일의 꼭두새벽에
소련 탱크 앞세운 인민군에게

비행기, 탱크 한 대 없이
몸뚱이로 당했으니 가당키나 한 말인가

인명, 재산 엄청 날려 버리고
멈춰 버린 한국전, 오! 휴전선

누구를 탓하리오!
충의(忠義) 빠진 빈 껍질 세상
우리 모두는 역사의 죄인.
피맺힌 우리는 어이할거나

봄은 왔는데

어김없이 꽃은 피었건만
주린 자의 눈엔 수북한 밥 한 그릇

자유 없는 그들에겐
웃으며 활보밖에 바랄 게 없고

짓밟힌 그분들에겐
오직 자유와 평화 그것뿐

부모형제, 고향 산천(山川), 산해진미,
금은보화가 다 뭣이여!
코 빠진 그들에게 꽃이 다 뭐여!
봄이 다 뭐여!!

어둡고 차가운 방에서
콜록콜록, 덜덜덜 떨고만 계시는데

창에 비친 달빛이 그나마 희망 전하리
춘래불사춘(春來不似春)이라
실오라기만한 바램은 하나. 통일뿐……
피맺힌 우리는 어이하리오
이 조바심이여!
바늘방석의 이 겨레들
언제 활짝 웃을거나

생동하는 호(好)시절

씨 뿌리고 거두게 할 춘양(春陽)이 돌아온다.
웅크렸던 만상(萬象)이 활개를 펴고
센스 빠른 꽃들과 달콤한 대화
시샘하듯 요염하게 미소짓는다.

삼라만상에 흐뭇하고 따스한 햇살
이젠 폭풍우, 먹구름도 가버린 계절
만인이 좋아할 이 시절이 정말 좋아
그윽한 향기로 서로들 맺어 알차게 살자

얼음이 녹아 부드러운 흙 속에서
안아주는 태양의 따스한 힘에
견뎌온 보람으로 생동하는 만상들
마음껏 우쭐우쭐 푸르게 살자

싱싱한 숲속엔 지저귀는 새소리
골짜기의 시냇물도 봄노래하듯
새소리, 물소리의 하모니에 취해
흥얼흥얼 봄노래가 정말 정겨워

생동하는 봄비

고개 빠지게 기다리던 봄비
이슬비 내리던 그 봄날에
보슬비 맞으며 걷던 어릴 적 추억

강산이 흠뻑 젖을 즈음에
나도 젖으며 하염없이 걷는 길
미어터지듯 새 꿈 가득찬 호시절이여!
만물이 생동하는데
비에 젖은 나도
새 꿈이 꿈틀꿈틀
움트는 듯
그렇다! 헛되이 밥만 축내선
안 되고말고
식충이 없는 나라, 애국자들 노랗게 꽉 찬 나라

어느새 목련 몇 송이가 펑펑 터지고
영춘화도 고운 노란 입 벌려
삐오삐오 봄을 알릴 때

남녘의 화신(花信)은 벚꽃이 만발이라?
오! 새 봄이여!! 가슴 벅찬 내 봄이여!
봄 안개 아스라한 저쪽은 안 보이지만
보이는 데까지는 봄기운 가득허이

으리 번쩍

대만 근처의 밤바다
날치[飛魚]잡이로 재미보누나
헤드라이트의 직사광에
먹을 것 찾아 모여든 그들
바구니 그물[籠網]로 건져 잡는다.
테마 기행의 사진 기자도
번쩍 그 생명을 건져 올리네

먹이 찾아 밝은 데로 모여들다가
그냥 생명이 끝장이라니……
그 생명들이 너무나 허전만 하다.

농장에도 여름이면
해충들이 모여들어 작물들을 족치는데
여기저기에 유아등(誘蛾燈)을 밝혔더라

불빛으로 모여든 나방떼들이
찬란한 빛에 모여 멋지게 춤을 춘다
한 세상 만났구나 얼시구 절시구 흥청흥청 앵앵

새벽녘엔 지쳐서 곤두박질해
낙엽처럼 우수수 떨어졌으니
그곳이 바로 기름호롱, 생명은 끝장

호화찬란한 도시가 좋아
소 팔고 논도 팔아
돈도 벌고 한 세상 살아볼려고
겉만 보고 날뛴 무리들

화려한 무도장과 잡기(雜技)에 빠져
빈털터리로 기진맥진한 노년에
자식교육 못 시켜 여생은 따분.

집시가 따로 있나!
인생(人生)은 일장춘몽(一場春夢)

독감(毒感)

북쪽이 활짝 열려 엄동이라
설한을 이길려고 이불 속에 웅크린
양(羊) 같은 겨레들

앞집은 굴룽굴룽, 뒷집은 콜록콜록
목구멍은 끈적끈적, 콧구멍은 꽉 막히고……
아이고 못 살겠네 사람 잡는 영하여!

백약이 무효야, 편작·화타도 별 수 없을걸……

하기사 북극의 백곰이며
영하 40도의 시베리아인
혹한과의 싸움에 지쳤으리라
억지 죽음 못하고 살고 있겠지
삼한사온으로 살만하단 우리 겨울
그 좋은 기록 깨 버린 을미(乙未)년의 겨울아!

감기 몸살의 구렁으로 몽땅 끌고 가버린
지독한 겨울이여!

그놈들도 군림하는 태양열엔 항복했구려
경칩, 춘분이라 이젠 살겠네.
저 남쪽 호주는 푹푹 삶아대겠지

종이

닥나무 껍질을 큰 골과 십지(十指)로 버무려
큰 것 만든 채륜 덕분에
우리가 태어나 주름 잡는다.

너는 이녕(李寧)의 화필(畵筆) 만나
<예성강도(禮成江圖)> 그려져
송(宋) 휘종의 방 벽에 어엿이 걸려 있고

너는 한호의 붓과 만나
만인의 추앙 받는 액자에……
단원과 오원 만나 귀염도 받는구나

인쇄기나 필기구 만나야 네 구실 하지
작가의 펜과 만나 인간 감정 다 전하고
불경, 성경 모든 글 지녔으니 너는 너는 부자야

보석, 황금부자 말들도 말게
나보다 부자요 귀염 받는 것도 없을 걸
나야 몇 억 몇 조의 수표로 넉넉하지

신문지에 기사 찍혀 온 인류 깨우치며
인류 문명에 끼친 공헌 엄청도 클 걸

난 내 몸으로 담배 말아 재 되면 끝장인데
팔자 사나운 나 같은 건
둘둘 말려 화장실서 봉사해

그러나 봉사의 값어치야 귀천이 따로 없네
너나 내나 다 같은 종이 아닌가

가렴주구(苛斂誅求)

병(兵)은 사지(死地)라
양반이 어찌 거길 갈 수 있나

빈천한 자들에게 얼마씩 주니
대신 사지(死地)로 가야 했던 그가 바로
배경 없고 돈 없어 천대받던 '상놈들'

닭 팔고 개 팔아도 살아갈 길 막막한데
이리 뜯고 저리 뜯겨 몸뚱이 하나
달랑 남았고야

앞동네선 도망가고 뒷동네선 대성통곡
부자, 형제가 함께 살 수 없어
이리저리 헤어지니

사람 사는 세상이 짐승만도 못하여라

가렴주구(苛斂誅求)에 살아 남지 못하네
굶어 죽고 자살하고 죽은 자식 신고 못해
백골도 태아도 세금을 내야

내지 못한 세금 때문 관청으로 끌려가서
얼어 죽고 맞아 죽고, 못 살겠다 확 바꿔!
확확! 껍질 확 벗겨 뜯어 고치자

불길처럼 봉기하니 - 동학농민혁명군!
이 혁명이 있었기에 자유, 평등 온 것이요
살기 좋은 이 세상이 온 것이라오.

흰 피

천군만마 같은
삼해(三海)의 노도들
해벽(海壁)을 깨 부수려고
총 공세다, 백병전이다
처~ㄹ썩 와르르……

흰 피만 질펀히 남기고
전멸이다
몇억, 몇백 천억 번인고……
이어 몇억 몇천 조 번일꼬……
해벽같은 우리 기백
멸망 없으리

차(茶) 한 잔

봄비가 촉촉이 만상을 적시는 오후
따끈한 차 한 잔이 한결 정겹구나

차 향보다 정겹던 서영화 중사

모락모락 피어오르는 그 김 속에
아련히 그립고 정겨운 얼굴

아슴아슴 떠오르는 그 세월 그 시절

피로 얽힌 전선의 진정 어린 전투들
지금은 다 떠나고 나 홀로만 외로워

금니로 쌩긋 웃던 서중사 편안히 쉬이소

천신만고를 딛고 피튀기며 싸워 온
호국 영웅들의 노고에 옷깃 여미고

진정으로 정중히 고개 숙이자

화약 내음

남북의 지도자들이여!
돌머리인가 쇠머리인가
내 겨레, 우리끼릴 잊어버린 냉혈한(冷血漢)들아!

쿵쿵 꽝꽝꽝…… 사람 죽일 연습에만
쏘~ㄱ 빠져 버린 무뢰한만 같구나
화약 내음으로 허파, 염통, 밥통까지 병들어 가네

공기, 수질, 토양까지 심각한 오염
어쩌자고 싸움판만 벌리고 있어?

문향(文香)이니 미사여구(美辭麗句)
시고 달고 간질간질 알쏭달쏭
기교한 시구만을 쓸 여유 없네

주위의 큰 어깨들 눈치만 보다
수백 년을 종처럼 살아온 걸 잊었나?

의젓한 주인의 자주국은 넘보지 못해?
작아도 당당한 베네룩스 3국을 보라

가슴에 손을 얹고 큰 생각하자

헌 가죽은 훌렁 벗어 제쳐 버리고
뼈까지 창자까지 홀랑 바꾸어
하나 되기에만 미쳐 버리자

죽을 먹어도 하나로 살세

미스 월드(Miss world)

'절세(絕世)미인(美人)' '코리아(Korea)'
R : 니 뭘 그리 끼웃거리니? 침을 젤젤 흘리며……
J : 천하미인(天下美人)이란, 쳐다보지도 못하남?
　　 눈요기만 했는데……
C : 향기 물씬한 미인이지만, 감히 엉큼한 생각들은
　　 접어야만 해.
A : 불오징어처럼 온몸을 달구는데……
　　 덥석 안고야 싶겠지만 언감생심일터.

K : 나는 온누리의 풍객(風客)들이 보고 즐기기만
　　 하라고 태어난 꼭 있어야 할, 미녀다운 최고의
　　 매력과 향기 덩어리 "한반도의 민주공화국이다"

누구에게도 추파 안 주는 미스 월드,
청순하고 우아미 넘치는 황진이 같은,
아니 활짝 핀 꽃송이인가. 아침 햇살 받은 해당화처럼
청아하고도 날씬한 선녀 스타일의 고상함이여!

평범한 풍객(風客)마저 그 곡선미며,
향기 넘치는 우아미의 쌍긋한 그 미소에
풍만한 육체미로 이성들을 뇌쇄(惱殺)시킬 뿐,
뉘에게도 '윙크' 않는 상아(象牙) 같은 미스 월드여!

진, 선, 미의 향 물씬 풍기고 서글서글한 여성미에 뭇사
람을 사로잡는 그 애교며, 나긋나긋 넘치는 그 곡선미,
그러나 언감생심, 접근불능의 희고 부드러움이, 이성들
의 몸 달구는 고고함에 매료 매료러라.

온누리의 풍객(風客)들이 새큼달큼 흥분해 자지러지나, 팔방미인(八方美人)의 관능(官能)스런, 완숙된 그 매력에 눈요기만 하라고? 침만 꼴깍, 온몸을 달구지만 접근만은…… 글쎄……

그대 이름 보배롭고 당당하며 의젓한 불세출(不世出)의 '미인'인가 배달족의 민주공화국이여!

양귀비, 서시보다 아름답구나! 앵두 같은 그 입술에 간지러지는 그 눈웃음, 백옥(白玉) 같은 저 몸매에, 온 간장 태우는 애교, 지그시 한 번 깨물어도 한껏 비리지 않을……
오! 영원히 영원히 우리 곁에만 있어다오, 동아의 보배로울 영원한 '민주공화국'이여!
온누리에 향기 넘칠, 미스 월드여 영원하라!

남조선, 북한, 그것 될 말 아니다, 치우침 아예 없는 남고려, 북고려(South Korea, North Korea)가 무난할 터, 오장 빡빡 긁는 오기스런 그 이름 말고, 공감대로 어우러질 당당한 그 이름아! 하나된 뒤에는야 뉴코리아(New Korea)로 하면 될 듯도 허이, '새고려민주공화국'이 그것 아닌가, 오! '미스 월드 뉴코리아!'

꿈만 같구나

봄, 여름 좋은 시절
앞만 보고 달렸던가

초겨울에야
그 그윽한 국향에
서글프게 취했네

아, 인생(人生)의 봄은 다시 없는가

꽃을 보고 탄식한다

남풍 또한 불공평하기만 하네
나무마다에 꽃 피우면서 사람만은 마냥 늙는구나

주황 셔츠, 빨간 타이, 머리 염색 해봐도
화사한 모든 색깔, 주름과는 어울리지 못하더라

허무한 일회용 인생(人生)이여!

모두 같은데

피도 같고 말도 같고 조상 역사도……
같은 밥 같은 김치 같은 한복에……
한족 몽고족 만주족 왜족과도
뭉쳐서 싸워 이긴 백의민족 아닌가.

그런데, 그런데 어쩌자고
그 야심 버릴 줄 몰라?
다른 헌법 다른 깃발 다른 주의로
몇십 년을 헐뜯고 깎아내고
할퀴고 물고 늘어져
진흙밭의 '개싸움' 말이나 되나
심기일전 대오각성 어서 못할까!

해방 무렵의 혜성 같던 조상들이시여!
어쩌자고 백범, 김일성의 통일 담판이
과욕 때문 깨어져 이 고생인가
권력 그게 뭐여! 뜬구름 아냐?

어째서 국가 지상 민족 지상 뒤로 미루노
강패(强覇) 중국, 광기(狂氣)의 미국을
믿지를 말자! 기대지도 마!

우리끼리 통하면 금방 하나될 터
상관하지 마! 항변을 하며
뭉치면 강한 나라 틀림없으리

설마에 또 잡힐라

개구리는 거의 한 길씩 높이 뛰는데
뱀은 슬슬 계속 쫓고 있다
개구리는 잠시 뒤엔 문득 서 버리곤 한다
때문에 잡히고 만다. 방심이 문제였다.

거미가 처마에 줄을 치는데
개구리가 은밀히 눈여겨 잡으려 하다 놓치고 만다
거미는 끝쪽에 은밀히 숨었으나
계속 노리던 개구리에게 결국 잡히고 만다

왕잠자리 잡으려고 앞쪽에 왼손을 내미니
왕방울 곁눈을 번뜩이며 경계할 적에
꼬리쪽이 오른손에 잡히고 말더라

조선 말 일본 청국 러시아가 이 나라를
집어삼키려 노리는데
세도정치와 무능한 왕권은
안일하게 설마 하다 일본에 먹혔어라

지금도 첨예한 강대국의 눈초리는 이글이글만 하다
미국의 웃음과 빨대 중국의 어깨와 야심
그리고 간악한 일·러의 눈초리를
한 시라도 방심은 절대 금물이다.

사향노루가 사람에게 잡히면서
이놈의 배꼽 향기 때문에 잡히고 마는구나
그때에야 배꼽을 물어뜯어도 때는 이미 늦었더라

묵비의 힘

여마(女魔)를 팅겨 쫓을 힘은 구름처럼 모인다
가녀리게 떨리는 왼손엔 촛불
다부지게 결의를 거머쥔 오른 주먹

뜨거운 가슴들의 그 열기는 보도되어
악을 삼킬 듯 일렁이고
달아오른 열기도 끈끈하게 엉겨 끝장내자고
우리의 자산인 은근과 끈기로 서로 안는다
초·중고생, 늙은이도 광화문으로……
민의는 드디어 충천하였다.

별들도 오롯이 민중을 감싸고
민초들의 뾰족한 흰 싹들은 엄청 큰 힘덩이……
북악산 밑 '구중궁궐'의 문짝을 열어 제쳤다.

그 힘이 태풍보다 강하여 천근만근……
그 무거운 엉덩이를 궁 밖으로 밀어내니
근역강산이 휘청휘청 온누리를 뒤흔든다.

한반도를 태평양 중간쯤에 옮겨 놓을 수도……
우리 모두 어디론지 옮아갈 수도…… 갈피 못 잡아……

아서라! 마음을 다잡아 하늘을 보라!
별들도 훌쩍훌쩍 울고 있잖아.
피와 눈물과 땀으로 지켜온 조국인데……

헌법을 짓밟은 멍청이에 철퇴는 원대로 가했노라
자! 갑오년 민중 혁명의 그 큰 힘이 촛불혁명으로 이어져

어서 내일을 걱정하자. 마음을 추스르자

혈친(血親)

에이! 옷이 귀찮은 삼복(三伏)이라, 푹푹 삶아대는데
낳은 지 며칠 안 된 옥동자를 눕혀둔 채
칙간에 냉큼 다녀와 보니

귀여운 아기가 없어졌다! 이를 어쩌나!!

사람을 놓아 팔도강산을 뒤지기 몇 년……

아장아장 걷는 아기 하나
고샅길에서 붙들고 살펴보니
수상하여라, 턱밑의 점 하나가
증표이던가……

훔쳐 키운 엄마는 천길만길 훌쩍 뛰며
반박을 하고
'이 날강도나 하는 말을 어디서 뱉어?'

친엄마는 '턱밑 점이 내 아들의
증표가 틀림이 없다.'

얼굴이 붉으락푸르락 머리칼까지
거머쥐고 큰 싸움이 붙었지만
결판은 아니나니
드디어 원님에게 하소연한다

웬 이런 난감한 일이 다 있나
원님도 머리가 지끈지끈
침식을 잊고 고민고민 끝에
인도하는데

생명이 너무나 아깝긴 하지만
별 수 없다
'푼[分] 치도 어김없이 머리부터 두 쪽 내어
나누어 갖도록 하라'
……

키운 엄마는 '그렇게라도 하겠습니다
하고말고요'

생모(生母)라는 여인(女人)은
"절대로 절대로, 안 된다. 죽일 순 없소이다"

소중한 생명인데 어디!
2등분 할 수가 있단 말인가

키운 엄마는 법에 따라 큰 벌을 받았네
일푼[一分]도 생각 없는 경박한 인생이여!

중정(中正) 잃은 군주들

신라, 당 단짝되어 먹구름 일렁일 제
백마강, 숯고개를 허술히 놔두더니
계백의 정예군들도 감당 못해 망터라

만주벌 치달리던 고구려의 강골도
나·당의 연합군에 힘없이 무너지니
원통타! 고구려 통일 못 봄이 영 아쉬워

신라의 경애왕은 포석정에 녹아들 때
왕족들 패권다툼 망국을 모르더니
경순왕 백기투항에 왕건은 무혈통일

무신란, 불교 폐단, 만신창이 그 고려
망하는 몽골에만 최영은 기댔으니
기회 탄 위화도회군 이성계 득세러라

조선의 세도가며 양반, 지주 횡포에
민중은 서정쇄신 잘 살자 절규인데
청·일군 불러오더니 쪽바리에 먹혔네

혼자만 잘났다고 안하무인 꼴불견
법까지 깔보고야 칠(七) 팔(八) 푼[分]의 팔불출(八不出)
촛불에 팔 묶였더라, 역사의 죄인이여

물 밀려올 때 노를 저어라

❶ 겨울과 새 봄
청춘과 노쇠(老衰)

썰물에 배 못 띄우고
겨울잠은 숙명이렷다

사람들은 물 밀려올 때
복배 띄워 주렁주렁
복주머니 실컷 받았는데

미루다 미루다
세월만 보냈구랴

개구리도 동면에서 기지개 켜고
삼라만상이 온통 활기를 머금고……
희망에 부풀어 펼쳐진 앞길로
뛸 채비가 한창인데

팔짱 끼고 머뭇머뭇하다간
자칫 어느새 썰물의
계절이 올 것이로다

❷ 온누리에 말발굽 소리 그리도 요란터니
어느새 썰물이라 찬물에 고환인가…… 쭈글쭈글
사시나무처럼 덜덜 떠는 저 몰골
활, 창 들 힘은커녕 서산 낙일의 저 몽골

천지를 뒤흔들던 그 몽골은 착각했었나
밀려오는 그 물 타고 노 젓는 저 명(明)을 몰라

욱일 승천인 양 번뜩이는 그 창칼들
서슬이 멀큼한 그 명(明) 칠려다
반군에 등 찔린 최영이더라

배원으로 몸 돌린 슬기로운 공민왕
충심을 진언하는 충신들 있었거늘
집권자여 경청과 포용들을 제발들 하자스라

배우자! 파죽지세의 왕건에 고개숙인 신라왕을

외세에 눈이 어둔 조선 말의 매국오적,
해방 후엔 뼈가 빠지도록 달라붙은 친일주구들
한국전 때 적에 달라붙어 고자질한 간신들……

밀려오는 새 물결에 노만 저으면 알짜 번영 오리
기회는 얼마든 있다
밀려오는 새 물결에 노만 저으면
수월수월 퍼지리, 맘껏 누리러라
정권은 잠시지만 국가는 영원하다.

배은망덕

세상에 이럴 수는 없네
너 없인 나 못 살고
나 없인 넌 망했다
네가 적침으로 위급한 찰라
나는 너의 생명을 구하였노라

그런데 그런데……

너는 왜 내 밥통을 빼앗아?
그거야말로 지독한 갑질이다
생명의 은인을 불고 불고…… 해
내사 몰라라?
너도 염치 있는 '국가 법인'이냐
천인(天人)이 공노할 무법자여!

'고맙긴 하지만 넌 죽어라?'
부작위법으로라도 이런 희생자를
모두 구하라

함정 속의 호랑이를 구했더니
잡아 먹으려 해?
배은망덕이러고……

산새

녹음이 좋아 좋아
그렇게도 즐겼다

화려한 꽃들이 그리도 좋아
봄 여름 갈 없이 마냥 즐겼다

녹음도 없어지고 꽃마저 조락한 산하(山河)
시내도 푸석푸석 흥이라곤 온통 없는 삭막한 만상

언제나 실컷 날아 응석 부리며
넘치는 사랑 속에 흥겹게들 살거나

그 궁둥이 천 근인가, 만 근인가?

내 몸 하나 추스릴 머리도 없는
애들만도 못한 팔불출(八不出)이

인정도 눈물도 아예 없는
나 하나만 최고로 착각을 하고

촛불 민심 빨갱이로 적대시하는
유아독존의 못된 그 사람

법도 검찰도 눈 앞에 없는
칠푼이 팔푼이 그런 인간아

궁둥이는 천근만근
구중궁궐에 꾹 처박혀
불퇴진의 옹고집을 부리더니만
촛불 든 4,000만의 그 함성을
못 들은 척 으긋으긋……

헌재의 재판관 전원이 똑바로 보고
못돼 먹은 대통령을 파면시켰다.

그 선만 끊어져라!

그날, 그날이 오면
지리산, 묘향산이 불끈 솟아 덩실 춤추고
대동강, 한강 물이 뒤집혀 뭉클 용솟음칠 날이
이 몸이 이승을 하직하기 전에 와주기만 한다면
평양, 청진, 부산, 제주까지 들릴 고성능 확성기를
걸머지고, 삼각산을 한달음에 올라

목이 터져라 부르오리다
'어둡고 그리워라 밤도 길더니
삼천리 이 강산에 통일이 왔네……'
목구멍에서 피가 터질지언정
노래를 노래를 부르오리다
기뻐서 그냥그냥 쓰러질지언정,
좁쌀만큼이라도 어찌 한이 있으오리까

통~일, 통일 그날이 오면
광화문 광장에서 목을 놓아 울며 어깨춤 춰도
미어터질 듯한 이 기쁨이어늘
원한이며 앙금일랑 털털들 떨쳐 버리고
형제끼리 다시 만난다면야
으스러지게들 부둥켜 안고, 죽을 먹어도
헐벗고라도, 거꾸러질지언정 노래 부르며
아무나 껴안고 통한의 눈물을
한없이 한없이 흘리오리다.

기구한 배달의 여성

❶ 지구촌의 흑, 백, 갈색 여성들은 상상도 못할,
한숨 속, 기구한 운명 같은 삶과 더불어
엮어 오신 배달의 여성이시여!

남성들의 공적, 그 절반은 당신들이
쌓은 것임을 누가 감히 부정하오리오
달이 차는지 이지러지는지도 모른 채
눈코 뜰 새 없이 달려오신 할머님!
참으로 거룩한 할머님! 존경스럽습니다.

❷ 꼭두새벽부터 더듬더듬 확돌에 보리쌀 갈아
꽁보리밥 짓느라, 청태와 희나리에
불어불어 불지피느라, 흘린 생눈물은
그 얼마던고…… 그 많은 식구들의 빨래에
지쳐 밥도 제대로 못 드시며, 시부모와 남편
봉양과 공대에 불평은커녕 웃는 얼굴로
그냥 뼈 없이 버텨오신 할머님이시여!
과연 효부요, 양처가 틀림 없으셔라!
참으로 거룩한 할머님! 존경스럽습니다.

❸ 이것만이 여성의 길로 여겨 그냥 몸에
배어 달렸는데, 어느새 가을이라, 백발이여!
베틀에 앉은 딸을 위해 80 어미가
밥지어 대접하는 그 모녀의 중노동이며
어둑침침한 호롱불 밑의 바느질 뿐인가
밤중까지도 절구방아 품앗이에 적삼의

땀내음은 느끼움의 향기만 같으셔라
고향과 친정 생각 할 겨를 없이 그저
앞만 보고 살아오신 배달의 여성이시여!
참으로 거룩한 할머님! 존경스럽습니다.

❹ 그 많은 아들 딸을 힘겹게 길러냄에
남편이 비속비승(非俗非僧)이라면……
나물로나 양 채우니 그것이 쫙 찢어지게
가난만 하고 굶기를 밥먹듯. 갈아 입을 옷도 없어,
이리저리 가려도 나올 건 다 나오고,
궁색한 의약의 후진국에 전염병은
그리도 흔해 아차하면 목숨 잃는 그 많은 애들
오! 팍팍하고 답답한 그 삶에 세월 가는 줄도
모르고 땅만 보고 할딱할딱……
땅 꺼지는 한숨 소리 눈물겨워라!
'고개 넘어 강 건너 기어기어 살아오신 할머니'
참으로 거룩한 할머님! 존경스럽습니다.

❺ 삼복이면 들끓는 모기 떼를 모닥불 연기로
쫓아 어설프게 잠재우고, 겨울엔 냉돌에서
'고드름 똥' 쌀 지경이라, 그 많은 동사자가
거지뿐만은 아니며 전쟁이요, 흉년 들면 더더욱
굶주리고 헐벗은 그 삶들을 어이 말로
다 하리요. 깡패국에 처녀까지 공납이라,
눈길에 핏자국을 찍으며 끌려가신 우리
처녀들. 그 공녀를 피하려 조혼이 유행이라

그 서러운 세월을 한숨과 눈물로 엮어오신
존경스런 우리 여성이시여!
주름투성이 그 얼굴에, ㄱ자로 꺾이신
그 허리가 참으로 마냥 존경스럽습니다.

❻ 천신만고에 칠난팔고, 그리고 뼈 깎이는 그 고통도
애면글면 살아오신 그 큰 보람에
오늘의 민주화, 산업화가 나름대로 활짝 피어,
잠포록한 망중한엔, 더더욱 사무치게 그리워집니다.
그 고통을 이겨내어
오늘을 있게 하신 태양같은 유공자,
배달의 여성이시여!
참으로 참으로 마냥 존경스럽습니다.

❼ 가난한 보통 양반의 부인님은 논, 밭 일도
아예, 할 수 없나니, 허리가 끊어지게
고픈 그 배를 진정 견디기 어려워 한탄이라!
'상것으로 태어나 끙끙 일하고 실컷 배부르게
먹고 사는 자네들이 영판 부럽네그려!'
그렇게 그렇게 살아오신 각양각색의
어려움을 극복하신 우리 할머니시여.
참으로 참으로 마냥 존경스럽습니다.

❽ 전족(纏足)의 중국 여성보다 보행은
좀 나을지 그사 모르지만
관혼상제요 그 많은 법규요, 예법 때문에

눈코 뜰 새 없이 서둘러야
채비와 치다꺼리 할 수 있나니
호롱불 밑에 밤이 새도록 뜬 눈으로
작업이라. 콧구멍은 굴뚝[鼻孔如突] 되고
그 좁은 부엌의 앉은 일에 무릎과 허리는
크게 망가져. 꼿꼿한 여성은 보기 드물어……
창피한 나라. 구미나 아주 등의 80대
노파도 꼿꼿만 한데 구메구메 눈물도
훔쳐가며 흥얼흥얼 콧노래로 달래며
기어오신 할머님들이시여!
참으로 참으로 마냥 존경스럽습니다.

❾ 여자(女子)이었기에 당하고 그렁저렁 잡일들
그 얼마더냐
왜국서 피살된 신라 충신 김제상
부인은 한 달 두 달…… 2년 3년……
바다 건너 동쪽만 목 빠지게 바라보다
바위 됐다니 오! 열녀바위 망부석!!
한 많은 여성이여!

나·당연합군에 쫄딱 망하니 만 여 명의
백제 아가씨들! 배 위에서 통곡이요
땅을 치며 '내 새끼야!' 가슴 미어터진
어머니들! 아! 원한이여!

임진, 병자란에도 그렇게 예쁜 아가씨들!
왜적, 만주족에 납치되어 이국 땅에서

서러운 일생을 마친 분이 그 얼마이며
왜놈에 팔 잡혔던 장성의 기씨부인
'내 몸이 더럽혔다, 에이 분해!' 그 팔을
칼로 잘라 황룡강에 버렸다오, 오!
그 정조! 장하여라! 왜장을 껴안고
촉석루서 투신한 논개의 충렬!
이 얼마나 장렬한가!

침공하는 왜적을 행주 싸움에 전라감사
권율의 혈전을 도와 치마(행주치마)에 돌을
날라 큰 공 세운 조선의 여성!
행주치마 여인들의 그 큰 전공을
어찌 한두 말로 다 할 수 있으리까

일제 침략에 맞서 싸우다 육신이
몇 토막으로 분사하면서도 대한독립
만세를 외치다 외치다 분사하신
유관순 열사 참으로 장하시구려
하늘 같은 열사이시여!

오금쟁이 굽혀 굳게 쪼그린 그 노동에
허리 다리 꾸부렁이 돼 버린 당신들!
진정 뵙기가 안타까워 오간장 탑니다.

청에, 일(日)에 끌려가 몸 망친 처녀들께
환향년, 매춘부…… 이 천부당만부당의
억설을 어찌 감히 내뱉어?
온 국민의 무책임에서 저지른, 퇴침의

허물을 어찌 여성께만 돌릴 수 있나?
지켜온 여성의 길을 은근과 끈기로
엮어 온 우리 눈으로 신세대 여성들을
물끄러미 쳐다볼 제……
선인들의 공덕으로 호강에들 빠졌구려.
900번 넘는 외침과 싸운 배달 민족과
영국, 일본 같은 외침 없는 그 삶을 생각도 하네

* 희나리 : 덜 마른 장작, 정태, 덜 마른 솔잎 땔감
* 느끼움 : 가슴에 사무침.
* 공녀 : 세금으로 바치는 여인
* 애면글면 : 힘겨운 일을 이루려 온힘을 다함
* 잠포록한 : 흐리고 바람 없음
* 구메구메 : 남 몰래 틈틈이

고슴도치 왕국

바지게 가득 꼴을 짊어지고
송아지 몰고 가는 저 머슴아이……
먹구름 뒤덮더니 천둥번개 치며
장대비 퍼붓는다…… 아이고!
항문 사정은 너무 급한데……
허리끈은 홀맺혀져 안절부절 못할 제
놀란 송아지는 길 넘게 뛰어대니
앞뒤가 꽉 막혀 옮도 뛰도 못해라
어이할꼬! 어이 할거나

청국의 침략 야수, 은근슬쩍 뻗칠 적에
쪽빠리도 뒤질세라, 잽싸게 들이닥쳐
이 마당서 청, 일이 전쟁이라……
일본이 이겼으니
말랑말랑한 세도 왕국 조선을
한 입에 삼켰더라

미국을 쳐다보면 중국이 위협하고,
중국을 쳐다보면 미국이 협박이냐
옮도 뛰도 못할 형편, 어이 살아갈거나
샌드위치(Sandwich) 이 나라를
태평양에 옮길 수도……
우리끼리 훌렁 떠날 수도……
천지가 철썩 붙어 천지 개벽이나 돼버려라
기가 막혀 못 살겠다, 땅을 치며 한탄하네
천부당만부당에 어불성설이다
조상 대대로 땀과 피눈물로

이렇게 지켜준 나라인데……

남북이 소곤댈라, 미·중이 질시하고
일본 그는 아예 싫어 소름끼쳐 떨려오네

러시아여! 꼿꼿 서서, 미·중·일에 경고 좀 해
근역강산일랑 불간섭의 구역으로
비동맹지역 안보, 조약만 시키면야
우리끼리 똘똘 뭉쳐 고슴도치 방식으로
소가 밟아도 끄떡 않을 작은 강국으로 불끈 서리라
감불생심 대상되어 가슴펴고 살 터이

'먹음직스럽지만 침만 젤젤 흘리렴'
약소국 괴롭히는 이 강패(强覇)국들아
야욕찬 착각 오판일랑 이젠 그만 접어라

구세주

불량 지주, 양반, 부정 축재자
그리고 개 무릇인지 닭의 똥인지
모르고 집어 먹는 주구패와 매국노
세도 정객들……

그들의 재산을 긁어 모아
힘없는 애잔한 서민에 고루 나누어 줄
영웅·구국주가 틀림없이 있을 터.

대영웅이시여 하루 바삐 다시
불현듯 나타나셔 남에 번쩍 북에 번쩍
무상 출입으로 인상의 탈바꿈도 능소능대 하시며
통일 Korea의 대통령으로 온 세계에
하늘 높이 우리 깃발 날려 주소서
당신만은 당신만이 이 큰 일 할 수 있는 적임자이기에
어서 말 타고 나타나세요
일일(一日)이 여삼추(如三秋)입니다.

인물 가뭄에 허리는 끊기고 허리가
끊겼기에 강패(强覇)국들의 위세와
협박으로 핵이니 미사일 사드니 불바다
이거 사람 사는 이 땅에 될 말입니까

강대국을 튕겨 버릴 영도자!
휴전선도 없애고 통일 이룰 덕이
펄펄 넘칠 영웅 대통령이여!

화급히 나타나소서. 어서. 어서……

내 구두

강원도 산골의 멋쟁이 아가씨
뾰족 구두에 쪽 빠진 스타일

청량리에서 택시를 타고
인왕산 밑 현저동에 도착
'여기 내려 주세요'
문 열고 나가려다 깜짝이야!
'내 구두요……'

놀란 기사는 '신발을 어디에 두고 그러시오'

'밥알 주워 먹게 깨끗한 차 바닥에
감히 신은 채 탈 수가 없어……
탈 때 신발을 벗어 놓고 탔지요'

'허허, 별일이 콩나물 크듯 하네
세상에 이런 일이……'

헌 구두 한 켤레 사 신겨 보낼 수밖에.

어쩔 수 없는 일

춘풍(春風) 또한 불공평하단 말가
나무마다엔 꽃 피우면서
사람마다엔 늙도록 놔 두고 마는구나

늙기가 서러워 다듬어 보는 노안이지만
별 수 없이 쭈그러지는 몸뚱이
겨우 허리 펴고 석양 노을만
하염없이 바라보는 어깨 처진 인생이여!

민들레 필 때 오신다더니

엄동설한의 매서운 난리 속에
꼭 안아주시며 정겹던 할아버지
뒤돌아보시며 개처럼 끌려 북으로 가시면서

무릎만은 절대 꿇을 수 없다
조상 대대로 없던 일을 어찌 감히 한단 말고
내 굳은 결의는 백 번 꺾어도 굽힐 수 없지

호란 때 그렇게 끌려가시더니
민들레가 몇 번 피어도 오시질 않네
오! 우러러 받들자, 만고의 충절이여!
피맺힌 그 한을 언제 풀거나

죽어도 못 꿇는다

북방의 철옹성 임경업 부대를 살짝 피해
압록강 결빙 틈타 쏜살같이 엄습한 청적(淸賊)들
왕은 남한산성 왕비는 강화도에 냉큼 피했구나

병력(兵力), 화력(火力)의 열세로 감당 못하고
삼전도에 임금은 항복했지만
죽어도 굽힐 순 없다! 충신들의 애국혼이여!

혹한의 눈길에 핏자국을 찍으며
채이고 맞아 기진맥진 개처럼 끌려간 호국혼이여!

윤집, 홍인한, 오달제! 참으로 장하신 충신들이시여!

부르기도 송구스런 삼학사님들
항거하다 맞아 피 토하며 가셨다네
그 충혼 천추만대(千秋萬代) 잊지들 말자스라!

이런 분들 계셨기에 편안한 오늘이 있지

환향녀(還鄕女)

애잔한 게 여성이던가

꽃다운 처녀들이,
채이며 끌려간 길 몇천 리더뇨

죽은 목숨 다 되어 그곳 심양서
온갖 구박, 유린, 성폭행 모두 당하고
가라 해서 되돌아 기어왔건만
더러운 '환향년'…… 모두가 천대

'자원해서 간 것이 절대 아니오'

숙종 임금 왈
'그분들에 일푼의 허물도 없음일진대
전원을 유공자로 존경들 하라'

위대한 성군의 분부이렸다

삼천궁녀 몸 날려

달 밝은 백마강에 통한의 탄성이여
고란사 종소리에 애 끓는 한숨인가
어히타 무사태평해 망국으로 마쳤나

탄현의 신라군은 5만의 함성으로
오천의 계백군에 오금을 못폈구나
처자도 죽게까지 한 계백군은 못 이겨

신라의 어린 관창 단기로 돌진하니
계백은 자식 죽음 생각해 살려주어
또다시 계백 목 달라 덤벼드니 한 칼에

관창의 머리통은 말 안장에 달랑달랑
신라의 노장들은 적개심이 충천이라
일시에 총돌격하니 중과부적 망국혜(兮)

충성을 간청하던 성충, 흥수 말 안 들어
망해정 뱃놀이로 백강 방어 허술타
소정방 상륙하니 삼천궁녀 몸 날려

휴전 전투

Annodomini 1953. 7. 13
개전 이후 최대의 포화전 벌어졌구나
휴전 line은 휴전회담에서 타결이 되고
금화 돌출부만 남았을 때

금강산 쪽으로 깊이 올라간 점령지를
김일성은 북쪽으로 양보하란다
이승만은 한 치의 땅도 절대 안 된다
병력을 배치한 김일성은 그럼 일전하자
폭격 시작!
병력 산개 상태의 이승만은
오로지 당했으니 아! 부족한 두뇌!
이것이 그 유명한 7·13 휴전 전투
2주일 간의 불꽃 튀는 전투 끝에
7·27에 휴전이 됐네
많은 병력만 희생된 뒤에
아까운 그 땅은 북(北)의 땅 됐네

애잔한 민족

Before Christ 108~
Annodomini 313년까지
421년간
큰 덩치 한(漢)의 큰 기침 아래
허리가 꺾이도록 발발발발
고개를 떨구고, 숨 죽여 살면서

이윽고 현도, 진번, 임둔은 찾았지만
남은 하나 낙랑은 421년 만에
왕자 호동과 공주 최낙랑의 순애로
드디어 공주는 낙랑 국방의 최고 보물
자명고를 찢고야 말았어라
힘겹게 고구려에 합쳐졌구려
그부터 최대 강국 고구려는 남으로 남으로……
충청, 경북까지 내려왔다오
삼국 통일이 눈앞인데 원한의 나·당연합군이여!

멸망하는 백제

여·제 동맹으로, 신라까지 아우르는
고구려 통일이 코앞 아닌가
민족의 배신자 신라의 친당 외교로
쫄아터진 신라의 손바닥 통일
Annodomini 660년에 678년만에
나·당연합군에 쫄딱 망한 백제여!
개처럼 끌려가 몸 망치는 추녀(醜女)는 정말 정말로 싫어!

애국 열사, 삼천궁녀의 백마강에 결연한 다이빙인가
천추만대 전할 장렬함이여!

불타는 백제의 궁궐과 창고……
부여는 검은 연기로 온통 뒤덮였고야

의자왕과 백제 미녀 만 여 명은 포로로 당에 끌려갈
배 위에서 목을 놓아 통곡한다 딸 잃은 어미들은
땅을 치며 아이고 아이고…… 엄마 엄마! 엄마 엄마!
엉엉 엉엉 어~ㅇ! 내 새끼야 내 새끼야 어딜 가? 어디~ㄹ

하늘이 찢어진다 아이고! 아이고 내 새끼야!
그 예쁜 미녀들 홀랑 남김없이 납치되어
당으로, 당으로 끌려만 가는구나!

이런저런 명목으로 실컷 앗아가고,
그리도 아리따운 처녀들을 바다부터 훑어 모아
개처럼 끌고 가니
맨발로 절뚝절뚝 배에 실려 넋 잃은 채 실려가네
아이고! 아이고 약소 민족의 슬픔이여!
해 저무는 삼충사 뒤에 까마귀들만 까옥까옥
성충, 흥수, 계백의 넋을 위로하는 듯 애절하구나!

실패한 고려 외교

❶ Annodomini 918년.
후삼국을 통일한 왕건은 숭불, 북진, 융화 정책을
슬로건으로 고려를 세우니
만주족 요나라도 축하했더라
선물로 낙타 50필에 많은 축하사절도 보냈건만
왕건은 사정 없이 거절, 사절들을 모조리 귀양보내고
낙타는 고스란히 굶어 죽이니 이것이 화근되어
이어지는 거란족의 침공을 서희, 강감찬이 잘도 막았지만
인명, 재산 피해를 어찌 말로 다하리오
아! 가슴을, 아니 땅을 치고 한탄할 대참사여!

외교력 부족으로 475년간 병마에 시달리다
34대 왕을 끝으로 Annodomini 1392년에
쫄딱 망했구나
거란이 발해를 멸망시켰음이 원인이라오
복수였대요 친선외교만 못한 것이라

골통 사대(事大)학자 김부식의 자(子) 돈중이
무장 정중부의 수염을 촛불로 태우고
뺨을 치며 '무관 나부랭이가 문관의 파티장에
참석하다니' …… 이 인간 차별 될 말인가
이것이라 화근이라 정중부의 반란을 시작으로
엎치락뒤치락 경대승, 이의문,
이의방, 최충헌 4대까지 피 튀기는 무신들의
꼴불견 권세다툼 300여 년 간이러라
몽골에게 덜미 잡혀 부마국으로 못 당할
수모 몽땅 겪었구나 이성계의 술수에
꼼짝 못하고 여지없이 역사에서 사라지더라

❷ Annodomini 1388 우왕 14년
욱일(旭日) 승천의 명을 칠려는 것 외교 부재(不在)라
친원파의 실권자 최영이 요동정벌을 단행할 때
친명파 이성계는 압록강 위화도에 다다라
좌군 사령관 조민수를 달래고
전군을 향해 사불가론(四不可論)을……

(1) 작은 고려가 큰 명(明)을 침은 불가(不可)
(2) 농번기인 여름에 출병 불가(不可)
(3) 북쪽을 치는 사이 왜병에 틈 줌은 불가(不可)
(4) 덥고 장마로 활줄 늘어져 불가(不可)

큰 질병 등 들어 위화도 회군 단행하니
평양의 최영은 36계 하다 전사런가
왜 서산낙일의 원(元)을 그리 모르고
욱일 승천의 명(明)에 대해
귀를 막고 눈 감고 있었으니 망국밖에 길이 없었다
거기에 한 술 더 떠
홍건적과 왜구는 침략에 가유(加油)러라

고려 말의 흐린 판단

오기와 흥분으로 자칫 실수 십상이라
공민왕의 그 현명한 판단으로 배원 정책 착착 진행이라
자주(自主)에 힘을 얻어 날로 달로 챙기더니
최영의 요동 정벌 결정적 오판이라
세계 최강 대원(大元) 제국도 노쇠하여 말로인데
눈치 빠른 이성계는 친명의 기치 드니
강대국 사이에서 살아 남을 길이라곤
명석한 판단으로 친(親), 불친(親不) 잘 챙기세

몽골의 부마국

Annodomini 1231년
세계를 누비던 말발굽이 결국 고려를 짓밟고
파죽지세로 몰아닥쳤어라
나라 안의 무신 싸움으로 약해진 무력(武力)이라
막아낼 힘 아예 없어 눈치만 살살 보다 무릎 꿇고 발발 기네

이것저것 공물(貢物)로 바쳤으니 피 빨리고 기름 빨림
살 수 없는 고통이여! 전국의 Miss Korea
하나 없이 긁어가니 약한 자의 슬픔이여!

아이고 아이고 나는 간다 나는 가
아리랑 고개를 넘어간다
낯선 땅에 나는 가네 저 고개를 넘어 가면
영영 못 올 내 신세여!
애절한 노래 아리랑의 유래런가!
충렬, 충선, 충숙, 충혜, 충목, 충정, 공민왕 -7왕의
왕비는 몽골의 공주, 강국의 사위인 왕들이 무슨 힘이
있었던고. 고개 떨군 7왕들 불쌍하구나 -부마국

애국군 삼별초는 항몽의 강군인데 여·몽연합군은
삼별초군 쫓고 쫓아 진도까지 치더니만
제주까지 쫓아가 기어이 멸종이니
목 매어 순국이라
오! 멍청한 고려 말의 조정이여!
충신 정몽주, 최영, 두문동 72인의
영전에 옷깃을 여미고 추모하세
천추만대 존경하자스라
최영의 오판이 망국의 화를 부르더라

117

임진왜란

❶ Annodomini 1592년
일본의 침략 괴수 토요토미 히데요시……
갑자기 조선을 짓밟는다.

힘없고 실속 없는 명분과 위세만 내세운
관속들이여! 두 손 꽁꽁 묶인 채 뾰족한
방책 없어, 사대부요 양반들 턱 채이고
코 채어 국난 극복엔 막대기만도 못하여라

평안도, 함경도까지 완전히 짓밟혀 조선 천하가
아비규환이요
선조는 의주까지 몽진인지 도망인지……
어처구니 없구려
중국으로까지 가고팠으나 받아주지 않았다니
창피해서 못살아……

상공인 멸시하고 양반들 세상이라,
실속 없는 그들이 쫙 찢어지게 가난하니
옮도 뛰도 못할 핫바지들이여!

군비를 권하는 충신과 야당 말은
마이에 동풍이라.
이순신, 권율 등 몇 명의 무장으론
풍전등화를 지킬 수 없어
명(明)의 힘을 구할 수밖에……
그들의 거만함은 말할 수 없어
하인이나 어린애 취급하니 이 처절함이여!

못 죽어 사는 신세, 7년간이란 기막힌 세월……

나라는 믿지 못할 허망한 곳, 텅텅 빈 곳, 살 수 없는 곳
인명, 재산 그 피해를 말로 다 어찌하랴

국보급 보물이며 장인(匠人), 젊은 여성
다 끌려갔으니……
가련한 여성이여! 얼마나 울었을까
참으로 원통하고 분통 터져라
그 고개 아리랑 고개를 넘으며
얼마나 슬피들 우셨나요

이런저런 명목으로 실컷 앗아가고
그리도 아름다운 처녀들을 바닥부터 훑어 모아
개처럼 끌고 가니 맨발로 절뚝절뚝, 만리 길을
끌려가던 아리따운 아가씨들 채이고 굶기를
밥 먹듯 온갖 굴욕 다 삼키며 천덕꾸러기로
떨어졌다…… 아! 약소민족이여!

왜놈에게 당하기 전 몽고족, 한족, 만주족에
겹쳐 빨리고 천대 받고…… 아이고
못 살겠네 말라 버린 눈물인가. 울 힘도 없네, 없어.
이이, 유성룡, 이원익, 이항복, 이덕형 등등등
대정치가가 없었더라면 그때 일본에게
먹혔을 거라니. 이 놀랍고도 허탈만 한
실속 없는 역사여!
27왕에 519년간을 이쪽저쪽 눈치만 보다
일본의 아가리에 먹혀 36년간
오! 이 분통이여!

❷ 어째서 충신들의 충언엔 귀를 꼭꼭 막았던고
충언이역이(忠言而逆耳)나 이어행(利於行)인데
율곡(栗谷)의 십(十)만 양병,
군비(軍備) 충언을 묵살했으며, 야당 말은 멀리하고
여당 말만 들었던고. 일본에 파견한 여당 김성일과
야당 황윤길인데 그 두 사람이 토요토미 평을,
김성일은 그 인품과 관상이 큰 일은 못할래라.
황윤길 왈 눈에서 쏟아지는 그 예광이
침략 야욕으로 꽉 찼더라.
어서 군비 확장 하잔 건의를
왜 그리 묵살하며 7년토록 온 강토를 짓밟히고
당하기만 하였더냐. 토요토미 죽으면서 유언한다.
'조선에 나간 일군을 전원 철수하라'
후퇴하는 왜구의 뒤통수에 왜 그리 쏘아대다
돌아서서 반격하는 총알에 충무공도 전사하니 원통하여라

병자호란

Annodomini 1636-병자(丙子)년
인조의 항명(抗明)배금(拜金) 외교가
조선 침공의 큰 구실이었더라.
아뢰오! 북에서 적침이요!
도원수 김자점은 이 추위에 무슨 적침이냐?
국방 총책임자가 이렇게도 건성이라.
꽁꽁 얼기 기다리던 청의 계책 몰랐으니.
한심 천만이여!
만주의 청태종은 혹한으로 합강된
얼음강을 벌떼처럼 건너 쏜살같이 침공하니
병자년의 호란이라. 국방과 외교는 대강대강.
실속 없는 사대부(士大夫) 양반들 등쌀에
허수아비 인조는 삼전도에서
청의 태종에 이마를 세 번 박아 역사상 처음으로
체신이고 뭐고 다 접고 항복이라
김상헌, 윤집, 오달제, 홍익한, 봉림대군 등 척화파는
개처럼 끌려가 봉림, 농암 외의
세 충신들은 맞아 죽었으니
이 얼마나 기막히고 끔찍하며 억울한 형국인가.
태산처럼 높여 존경스런 충신들이시여!
뿐이더냐, 보물이며 재물은 몽땅 약탈당하고
미녀들은 강제로 엮여 끌려갈 제 눈[雪] 위에
핏자국을 찍어찍어 끌려가 되놈 밑에
몸 바치고 살았으니 '이거야 말이 되는가 이 말이다'
아! 원통하여라. 아이고! 900번이 넘는 외침으로
개처럼, 종처럼 끌리고 짓밟혀 살아야 했던

한국 여성이여! 이 못난 나라, 약소국의 백성으로
그 못당할 수모 모두 당하고 밑바닥을 기며
눌려 살아야만 했을까 하늘도 무심하오!
아니다 점시풍안(覘視風眼)쓴 조상이여!
매눈 돌리듯 사주방어 해야만 살아남는다니까

인조 14년 병자호란 이후 소현세자와
봉림대군과 함께 볼모로 잡혀가면서
심정을 노래한 김상헌(金尙憲)의
비분가(悲憤歌)는 애닯기만 하다.

"가노라 삼각산아 다시 보자 한강수야
고국산천을 떠나고자 하랴마는
시절이 하 수상하니 올동말동하여라"

일제 강점기

Annodomini 1910년
이 백성을 행복하게 평화롭게 누리도록
다스려야 할 자가 중국 눈치만 바라보고
일본만 쳐다보고 노국 눈치 살피더니
미국에 찰떡처럼 달라붙었구나.
경복궁 보초를 미국인에 맡기더니
일본 괴수 이토 히로부미를 칭찬하던
얼빠진 임금. 간에 붙었다 쓸개에 붙었다 박쥐같고
유월랑 같이 갈팡질팡, 친일 주구들아!
거기에 아관[러시아]파천까지 하지 않았던가.
일본에 졸졸졸 따라붙던 주구패들,
국가나 민족은 안중에 없고……
공후백자남(公侯伯子男) 벼슬만 일흔 명 넘어
이완용, 이지용, 이근택, 박제순, 권중현 등
이 더러운 매국노들아
아니 왕이 더 미워. 아! 고려 충신 두문동 72인이
더욱 훌륭해 돋보이기만 하는구나!
27왕에 519년만에 조선은 송두리째 일본의
밥이 됐고야 2,000만 동포들은 뭣들 했느냐!
남녀칠세부동석의 성리학의 더러운 양반 내음.
상공인을 발의 때보다 못하게 깔봤던 아전, 지주,
양반 부스러기의 거드름 속에 나라는 넘어갔다
송두리째 일본에 피 빨리고 기름 빨려
그 보물, 재물 몽땅 약탈 당하고, 노무자, 군인,
위안부로 끌려가 개처럼 똥처럼 천대 받고
뼈가 부러지게 공짜로 일하고

아리따운 배달의 처녀 고운 몸 다 망치고
헐벗고 굶주려 생이불여사(生而不如死)
콩깻묵에 진절머리나게 배곯고
짚신, 나막신에 헐벗은 신세
말이 안 나와 글쎄, 쌀이며 목화들은 몽땅 빼앗기고
우리는 콩깻묵, 밀기울에 벌렁벌렁
헐벗으니 생이불여사(生而不如死)!
온국민의 서러움 누가 알리오. 일장기 높이 달고
일본말로 살았던 백의민족들……
장차는 만주까지 완전 점령해, 우리를 그 땅으로
모두 내쫓고, 한반도는 오로지 자기들이
모두 살려 했던 이 앙큼한 야심! 소름 끼치죠
누구를 콕 집어 탓할 게 없네.
당시를 살았던 민족 모두의 잘못.
무궁화도 타다타다 염통만 붉게 남았네그려!
지구상의 IQ 높은 삼대(三大) 민족
유대인, 배달인, 게르만인 아닌가.
우리만 후진으로 처질 순 없고말고……
영국도, 네덜란드도 우리 넓이 정도 아닌가.
우리만 뒤져선 말이 안 된다.
가자! 앞으로. 지금도 늦지 않았다
날강도 같은 일본은 손톱만큼도 우리에
도움준 일 하나도 없네. 언젠가는
우리 앞에 무릎 꿇릴 터……
인젠 일본과 어깨 겨누네.

한국전쟁

❶ Annodomini 1948~
Annodomini 1950~
Annodomini 1953년
상해 임시정부는 없던 걸로,
반 조각 정부만 세웠으니 말도 아니다.
백범이 북의 김일성과 통일 담판에,
통일이 아니면 절대로 안 돼,
목숨 걸고 결판 냈어야 꼭 맞는 일
남·북으로 갈린 것이 크나큰 잘못,
미국이 그어 놓은 불씨의 38도선
내 몸뚱이를 둘로 갈라도 말 한 마디 못한
핫바지 민족이여!
1894년 때 일·청 양국이
우리 마당서
피 흘리며 싸울 때,
주인인 우리가 내쫓지 못함과 뭣이 달라?

6·25란 전쟁을 불러
그나마 독립국 대한민국을,
통치자는 뭣 했나
탱크 전투기 한 대도 없이,
접시 안경 쓰고 정치를 했나.
국제 정치에 그렇게도
멍청한 장님처럼, 하루 아침에 수도를
빼앗긴 멍청한 자들.
용감무雙한 국방군이

서울을 잘 지키고 있다는 말만 남기고
하나뿐인 한강 인도교를
끊으라 하고, 대통령은 생쥐처럼
부산으로 내빼고, 밀물처럼 밀어 닥친
침략군들은 서울, 천안, 대전, 전주, 광주 등을
파죽지세로 착착 공산화하니
이 백성은 어이 살거나!
남부여대 피란 대열은 남으로 남으로
한강다리 끊긴 줄 아예 모르고 왔다가는
한강물에 첨벙 첨벙 첨벙첨벙……
사람죽을 쑤다니, 아! 이 기막힘이여!
하나뿐인 한강교를 이승만이 끊었다.
승승장구 인민군은 선량한 국민들을
반동으로 찍어 몰아, 눈알 빼고 코 베고
귀 베고 입을 찢고 젖통을 도려내며
대창으로 쿡쿡 찔러
마구잡이로 죽였으니, 바로 아수라장 아닌가
그 아비규환을 목불인견이라. 이것이
모두 못난 자들의 '졸작품'이요
그러나 선량하고 덕망가는 살아 남더라
조상과 후손의 중간에서 정신 바짝 차려
복지국가를 물려주자오. 민주 시민이여!

❷ 미국의 육사 천재(天才) 맥아더의 인천 상륙 성공으로
Annodomini 1951. 9. 28
중앙청에 태극기 게양

남으로 깊숙이 파고든 인민군은
자루 안의 쥐새끼. 몽땅 몰아 잡은 뒤,
북진 북진, 코 앞에 통일이라. 그런데 예상 못한
중공(中共)군의 한국전 개입-징 치고 피리 불며
인해전술이라.
할 수 없이 Annodomini 1951. 1. 4
흥남부두에서 눈물을 흘리며 후퇴를 한다.
압록강 상류의 혜산진에서,
수통에 물을 넣으며 1주일 후면
백두산에 태극기를 꽂을 부푼 기대가
물거품 되는 순간이었다.
맥아더 계획대로 중공군 보급로 폭격을 했더라면-
다 된 통일이 트루먼의 거부로 미완의 통일

북쪽 동포들도 '같이 좀 갑시다. 우리 좀 살려주오!'
수송선 LST의 중량 초과로 그냥 잔교를 거두고 마니,
바닷물에 피난민은 첨벙첨벙 첨벙첨벙……
사람죽을 쑤었네요.
아! 약한 민족의 슬픔이여!
동북아와 세계 평화 위해 한반도 포기는
절대 안 된다. 국무장관 애치슨의
극구 반대로 이렇게나마 절반의 평화는
유지된 거니, 불행 중 천만 다행이로다.
애치슨 만세! 트루먼과 맥아더의 의견 불일치-
이것이 우리 통일 막았으니 아……!

❸ Annodomini 1950. 6. 20 경
    김일성은 말한다
    거물 간첩인 이주하와 김삼룡을 돌려만 주면
    고당 조만식도 돌려주겠다
    그리고 우리는 평화롭게 살아갑시다래.
    순진한 이승만은 두 간첩을 잽싸게 돌려줬더니
    고당은 잡아둔 채 6·25 새벽 소련제 탱크를 앞세워
    서울로 밀어닥쳤으니 앙큼한 김일성 뒤에선
    스탈린, 모택동과 굳게 흉계를 꾸며 칼을 갈면서
    겉으론 평화를 위장했으니
    상대 못할 사람들임을
    명심들 하자스라

친당, 친일 때문, 수난의 역사

❶ 고구려 남진으로 만주서 남쪽까지
큰 세력 통일이 눈앞인가 하였더니
신라의 친당외교로 반쪽 통일 아쉬워

소통일 그것 때문 중국에 대항 못해
자주성 잃었으니 판에 박힌 약소국
대륙과 큰 대결하던 고구려만 그립다.

고구려 삼한통일 숙원만 이뤘으면
만주도 우리 땅에 세계강국 됐을 테니
천추에 큰 한이로다 소민족의 대운명

민족의 화합까지 완전히 깨뜨리며
통일을 큰 방해한 신라여 후회하라
지금도 중국, 미국에 알붙는 꼴 역겨워

❷ 조선 말 조상들인 양반과 세도가가
공리와 권세 때문에 외교에는 먹두리
경복궁 수비까지도 일본군에 쳐맡겨

청(淸), 러를 이긴 일본 승승장구 기고만장
오적만 욕할 건가 당대인이 총책임
야속타 일본주구들 벼슬 줄만 눈 밝혀

독립과 항일투쟁 풍찬노숙 지사들
친일파 우쭐대는 역적같은 무리들
매국노 민족 반역자 후손 생각 왜 못해

의식주 걱정 없고 자손들 잘 커가니

천하의 큰 복들이 집안 가득 만족해
그러나 강대국 틈서 대고구려 간절타

비동맹 집단 안보

우리는 피를 흘리며 목숨 걸고 싸울 제
일본은 평화도 맘껏 누리고 돈도 쏠쏠히
벌기만 하고…… 역사상 거의 다 우리 덕에
저렇게 발달된 걸, 만의 일이라도 고마움 모르는
철면피 일본!
한반도가 적화되면 일본도 못 버틸 터,
입술이 없어지면 이가 시리지

우리가 조선 말의 조상을 지적하듯이
통일을 못 이루면 우리도 지적 당할 조상일지니
머리띠 단단 매고 사주방어 하면서
하나가 되기 위해 피가 끓도록 온 정성을
쏟아 붓자오. 현대인이여!

냉엄하게 대하자오, 일본·중국도, 미국·노국도
밀어붙이고, 동맹은 몽땅 없애 버린 뒤,
6·25 참전국과 주위 4국의 집단 공동 책임 하에
한반도 평화를 유지시킬 가벼운 중립(中立)국이
우리가 살 길.

해방 후 덜레스 미 국무와 조선 말의
선각자 유길준도 우리의 연식(軟式)
중립국(中立國)을 주장했다오.
강대국의 간섭 없이
영원히 맘 놓고 살 수 있다면야
더 이상 그 뭘 바라리오.

분수대로만 살자스라

야수들은 물에서 살 수도 없고
어패류는 뭍에서 못 산다 이거

동물들은 우두커니 서서 못 살고
식물들은 왔다갔다 살 수 없다 이거

포플러는 훤칠 커서 강에 비춰도
잔디는 땅에 붙어 엄두 못 낸다

천분(天分)을 모르니 무턱대고 밀어붙일 뿐
그러다 큰 실패도 당하기 십상
불구되고 신망 가망 맞게도 되어

일확천금 그것도 과분의 욕심
돌려막고 품어내 고기나 잡지

성실하게 부지런히 밀고 나가면
작게나마 열매는 얻고 남을 터

원수(元首)감도 못 되는 그 사람들이
인명(人命), 재산 큰 손실을 저질러 놓고
멀뚱멀뚱 내 몰라라 염치도 없네
민족의 이름으로 법망치나 정통 맞아라 이거

뱁새가 황새 걸음 할 수도 없고
황새도 뱁새 걸음 할 수 없을 터
우쭐대고 덤벙대다 공리(功利)의 늪에 빠져
후세에 오명 남길라. 물처럼 살자

뿌리

불도 소금도 쌀도 아예 없는 막막한 그 터전에
알몸이요 맨발에 황금니요…… 이발, 세수가
다 뭣이며, 옷가지나 반찬, 간장, 된장 있을 리 없네

몸 치장 그것 필요도 없고, 그러나 염치, 겸양,
사랑, 의리, 시비는 있어…… 모르는 것 투성이
아는 것 빼고 모두를 몰라.
그들이 바로 우리네 조상이요, 뿌리털이다

물 위에 떠 있는,
뭍덩어리에 흑(黑), 백(白), 황(黃), 적(赤)의
조상들이 힘겹게 악전고투하며 개척하신
지구촌! 까마득하여라!!

열매, 뿌리, 잎으로 연명들 하고
물고기, 조개 따위 닥치는 대로, 그냥 먹어 치워
말도 제대로 표현을 못해, 그냥 얼버무려
의사 통하니, 손, 발, 몸뚱이 표정으로 겨우 통했네
병 얻어 죽는 사람 그리도 많고

암사람 숫사람이 저절로 만나 사랑하고
성생활은 본능이니까
정글에서 가지의 마찰로 산불이 날 제
이게 바로 불의 발명. 익혀 먹고 밝히며
맹수 막으며 난방된 굴 속에서 애 기르기
엄마는 다독다독 살아가지만, 애비는 사냥 나가
밀림속 헤매이다가
영영 길 잃고 마니, 별 도리 없이

어느 굴서 딴 여인 만나, 새롭게 부부 생활
하는 수밖에…… 또 정처 없는 정글 생활
천방지축 헤매이다가 또 여인 만나 살아간다고……
커 가는 아이는 엄마만 알 수밖에……
모권(母權)시대(時代) 그럴싸허이

그래도 발견된 그 불 덕에 질그릇 무기, 농기
만드니 심경농이요 전쟁도 하고……
익혀 먹고 난방서 포옹도 하니 사랑의 깨도
쏟아들 내며 세상의 온 재미 그 안서
모락모락…… 그것들이 오늘의 시작이요
씨불이었지
그렇게 악전고투하며 은근과 끈기로 살아온
조상님의 후손이 우리 아닌가
따져 보면 으스대고 잘날 게 하나도 없네
너나 없이 벗겨 놓으면 그 모양 원시인인 것을
그리도 쨍쨍댈 게 뭣이 있을고……?

조상과 후손의 중간, 살면서 떳떳한
중시조가 되어주소서

충신(忠臣)과 역신(逆臣)

세계 정세에 너무나 안일하고 흐린 판단력의
벼슬아치! 매관매직의 썩은 관기에 질 나쁜
지주와 아전 및 친일 주구의 농민 착취, 이거야
안 될 말, 개화에 눈 먼 조정과 세도에 얼 빠진
보수파들…… 못 살겠다 확 뜯어 고치자!
봉기했노라 민중혁명군[甲午]!
농민군을 제 힘으로 진압 못하고, 청군을
불러오니 일본도 침공, 우리 마당서
피 튀기는 싸움판 벌어졌는데, 주인은 청일(淸日)
쫓아낼 힘이라곤 아예 없더라
이런 얼간이 허수아비, 핫바지들……
정권 노린 봉기가 절대 아닌데……
이 싸움에 일본이 청국, 노국에 승리했으니
당당하게 일본(日本)의 시커먼 마수는
걷잡을 수 없이 뻗쳤더라

1905년의 을사보호조약에 목숨 걸고
반대한 충신들이여! 만고의 영웅이여!

한규설(韓圭卨), 민영기(閔泳綺), 이한응(李漢應),
민영환(閔泳煥), 최익현(崔益鉉), 유인석(柳麟錫),
이상설(李相卨), 이위종(李瑋鍾 ; 헤이그(Haige) 밀사),
허위(許蔿), 이강년(李康秊), 신돌석(申乭石),
조병세(趙秉世), 송병선(宋秉璿), 홍만식(洪萬植),
이상철(李相哲), 민종식(閔宗植), 서상돈(徐相敦),
김광제(金光濟), 이항로(李恒老), 이인영(李麟榮),
민긍호(閔肯鎬), 박승환(朴昇煥), 전명운(田明雲),

장인환(張仁煥), 유관순(柳寬順), 강우규(姜宇奎),
이재명(李在明), 안중근(安重根), 윤봉길(尹奉吉),
이봉창(李奉昌), 홍사구(洪思九), 김구(金九),
이사유(李司維), 기우만(奇宇萬) 등등.

그러나 이 늑약(勒約)에 도장 찍은
똥보다 더러운 오적이라
박제순(朴齊純), 이지용(李址鎔), 이근택(李根澤),
이완용(李完用), 권중현(權重顯)

당신들의 등 번호는
을사(乙巳) 5적(賊), 그만큼 구린 70여 명의
공후백자남 친일 주구들……
눈을 크게 뜨고 대의명분(大義名分)을 지키며 살자스라

──────── 2002년 「광복회보」에 게재된 친일인사 629명의 명단을
214쪽 부터 222쪽까지 덧붙인다.

황룡강아, 용진산아!

몇억 겁을 흘렀는지 까마득하고 아스라하다
마한 백제인들이 고기 잡고 멱 감던 강
백제 부흥에 전력투구한 견훤과
신라가 싫어 칼 갈던 왕건이
말 씻기고 쉬어 가던 황룡강

봄의 영춘화, 가을의 황국들도
금비늘 번쩍이며 빛나는 눈초리
꿈틀꿈틀 용트림 치는
황룡과 어울려 비단에 꽃이련가

팔방(八方) 미인을 길러내는 네 이름은 장성
불세출(不世出)의 하 많은 큰 별들이여!

용장 김덕령, 재사(才士) 기정진, 의병장 기우만,
청백리 박수량, 송흠, 성리학자 김인후, 의걸 홍길동
열효자에 최기필, 최승휴, 전략가 변이중
의열충녀 기씨부인, 왕후장상이 배출될 것도 같다

가는 봄이 아쉽구나

미래(20), 중심(30~40), 성장(50~60) 세대가
어느새 주마등처럼 훌쩍 가 버렸나

불공정한 동남풍과 태양이던가
산야엔 온갖 희망을 넉넉히 뿌렸기에
그걸 흠뻑 받은 삼라만상은 온통 벅찬 이 즈음에
몸이 닳도록 뛰고 기어 온
황혼기의 꾸부렁이에겐,
그리도 모르쇠 스쳐가느냐

오늘의 민주화, 산업화의 역군이 누구인데

낙엽은 귀근이라 하였던가
새싹 위해 조용히 잠자리에 들어갈까 하노라
허전한 일회용(一回用) 인생이여!

그 고집 좀 버리자

자기 힘껏 뛰어 향락하는 게 순리 아닌가
새빨간색보다는 주황, 녹색, 보라가 더 좋아
안정, 인정이 넘치고, 역지사지, 상부상조,
겸양 외엔 별 것 없어

무슨 옹고집을 그리도 부려?
어떻게 개개인에 골고루 뿌릴 수 있어?
일사천리, 획일주의, 통제론 될 만한 싹, 순 하나도 없어
나폴레옹, 히틀러, 칭기즈칸, 스탈린 등 성공 못했잖아
패권으로 제 맘대로 그냥 휘저어?

민주와 자본주의, 이 토양이 탐스럽게 키우지……
강자의 패권주의 진절머리 안 나?
대량 살상무기, 핵들은 지금 어서 없애……
우리끼리 살도록 고스란히 좀 놔두어
세계의 등불로 환히 밝힐 밑심이 넉넉타오.

게으른 눈

사람이기에 엄두를 낸다
사람들이기에 그 일을 추진한다
사람이기에 그 엄청 어려운 일을 해낸다

깊이 생각하고, 하고 또 하면 못할 일 하나 없다
게으른 눈은 그냥 겁만 먹고 뒷걸음질친다
그 맘, 그 기풍이 굳게 다짐하고 눈을 이긴다

모양도 신기루도 없는 네 안의 굳은 그 핵(核)이
태산 같은 빌딩도 세우고 지구도 움직인다.

줄이 없어도 만능이라, 무소불능이라
육·해·공으로 비비 왕래하며
백세 노인들의 유토피아 이루네

그래서 꾸부렁이들도 넉넉 웃으며
남 몰래 쉬엄쉬엄 덕들 쌓는다오
내 자손 잘 되라고 몰래몰래 돕는다.

폭사

북군의 침략으로 갈팡질팡하다가
38선 북쪽 농민들, 추수도 못한 채
남부여대 그냥 북쪽으로 피했구나

선 채 튀어 떨어진 그 콩을 주워
밥을 좀 불려 허기진 양 채우려다
지뢰 밟은 김하사는 폭사하고 말았다.

배 곯은 군인의 폭사이기에,
그 슬픔이 갑절 컸다오
화폐교환으로 보급량 줄어
허기진 배를 채우려다 전사했기에
더더욱 슬프고 불쌍하여라
아침들도 곯은 채, 너무나들 울고 울었네,
인생무상이여!

그렇게도 착했던 김하사요,
극락세계서 배불리 먹고
즐겁게 지내다 환생하세요.

영웅은 여세출

모두가 한결같이 잘 살 수야 없지만
그래도 하루 세 끼 먹을 수는 있어야지
어쩌다 죽을 밥 먹듯 해서야 안 될 말이다

누구나 먹을 권리 평등하게 받았거늘
포악한 양반 지주 제 욕심만 채우니
천사 '홍길동'이 다스린다면
부정 축재자들, 그 재물 모두 이고 지고 나와
산처럼 쌓으리이다
그런 법칙이 있기나 하면 그 얼마나 좋을까

지주의 소작료와 관가의 세금 폭탄 부정 축재자
이런 것들 때문에 애잔한 백성들만 홀랑 빨려
철대(撤袋) 신세

성인은 여세출이라 하였거늘
구세주 같은 '홍길동 대통령' 미룰 때가 아니오
구름 타고 날개 치듯 용트림 치며
통일 전선에 제발 앞장을……
이런 분이면 통일도 하루 아침에 될 듯만 하외다

우리의 기상이다

당당한 독도여!
강풍과 노도에 네 몸뚱이 닳아
모래가 될지라도 웅크리고 버텨다오
천지개벽 그때까지

태산 같은 노도(怒濤)를 헤쳐라

의심이 싹트면 뿌리가 내리고 가지가 뻗는다
우정에 금이 갔지만 아닌 척하는 어색한 친구
요즘 미국이 우릴 그렇게 여기는 것만 같다
우리와의 동맹이 위기로만 가고 있다

이기주의로 완전무장한 그들이 언제 사정없이
털어 버리고 철수 안 한다 누가 장담하리오

조만간 한반도를 포기하자, 안 된다,
갑론을박하며 선택을 강요받게 되리라

동맹인 미국과 동족 북한을 모두 가질 순 없는
딱한 운명이다. 고통스런 선택의 시간이다.

우정을 생각하면 동족이 울고,
동족을 생각하면 우정이 운다.
지금은 진심을 다해야 동맹을 지킬 수 있다.
중국과의 우정도 부득이한 우리만의 처지임을
솔직히 미(美)에 알리고, 미국과의 우정도
부득이함을 중에 알리자

북은 핵, 미사일을 들고 트럼프에 본토 공격 안 할 테니
주한 미군 철수하라, 미군이 존속하면 평화협정이나
불가침 협정은 무의미하다.
적화는 분단 이후 김씨 일가의 염원이다.
주변 4국과 UN 16국이 지역 안보적 협정으로
통일 '새고려국'을 선포해야 될 터인 즉,
고도의 외교 수완으로 민족주의 비동맹만
이룩되면야 위대한 조상으로 기록되리라.

멸사봉공(滅私奉公)

내 몸을 헌신짝처럼 버리고
오로지 공(公)에 바친 성웅(聖雄)

왜적이 평안도, 함경도까지 짓밟은 7년간
오직 남해만은 완벽하게 지켜
적의 후속 보강을 차단한 성장(聖將)

한산, 명량 등의 대첩으로
적의 사기를 완전히 꺾은
세계 해전상 유일의 완쾌한 승전

사실무근의 무고로 투옥되면서도
손톱만큼의 불평도 없었던
바다 같은 바다의 덕장

당신이 있었기에
오늘의 번영을 누리고 있지만,
이 끊긴 허리를
꿰뚫을 분은 당신밖에 없습니다.
금방 홀연히 나타나셔
통일의 영도자 되소서

존귀하고 믿음직한 우리의 희망
'이순신' 총통이시어!

바람

❶ 북풍, 남풍, 동부새, 하늬바람……
자연의 법칙이다.
어쩔 수 없네

바람 부는 대로, 물결 치는 대로, 따를 수밖에
그러나 천지 신명이시여!
신풍(神風)은 반드시 인과의 법칙이라
할 수 있잖아요

핵이나 살상무기 발사한다면
신풍(神風)으로 오발, 작동 불능,
혼미 판단 등등등으로
평화에로만 조종해 주십사.
핵 실험 전쟁 발발도 신풍(神風)으로만 저지
오작동만 시키시이다.

❷ 6대주 3대양에 억태조양(億態兆樣)으로
변화의 연속일세

평화롭고 길(吉)한 변화는 조경(兆京)이라도
쌍수 환영

남을 해치고 약자를 괴롭히는 변화는
신(神) 바람의 힘으로 수단 방법 가리지
않고 저지하리라

도전! 핵 실험과 난동엔 태풍, 폭풍, 폭발 지진,
화산, 해일, 벼락, 노도, 질병 등 크게
일으키는 신(神) 바람으로 놓아두지 않으리라

쓸고 묻고 태우고 할퀴고 쪼개고 쓰러뜨려
끝장내리라. 못된 자는 학살까지 할 거다

그걸 신풍(神風)이라 할지니
삼가 신중하는 분께는 날마다
웃고 즐길 일만 있도록
내 신(神) 바람의 힘으로 도우리라

으르렁으르렁!

으르렁으르렁 말도 안 된다
어쩌자고 모든 화포 쏘아대면서
사람 죽일 연습들만 한단 말인가
남북의 지도자 정신 좀 차려

으르렁으르렁 말도 안 된다
어쩌자고 입으로는 비방만 하며
원수처럼 대하느냐 야만인처럼
평화주의 백의민족 명분 없잖아!

으르렁으르렁 말도 안 된다
어쩌자고 이 핑계 저 핑계로 미뤄만 가며
혈통, 풍습, 언어 같기만 한데
애국자라면 못 만날 이유 절대 없잖아

으르렁으르렁 말도 안 된다
어쩌자고 육, 해, 공으로 쏘아만 대나
공기, 수질, 토양 오염 다 죽어간다

그~냥 우리끼리 남북을 하나로 꿰어
잘 살아 보세! 피맺힌 우리끼리 뭉치자니까

구세주

동으로 베링해, 서로 베이징 근처
남쪽은 한강, 북쪽은 헤이룽강까지
수만의 기병들이 먼지를 일으키며
대지가 기우뚱할 만큼, 장쾌했던
그 위세의 군마들 자랑스럽기만 아니했던가
눈앞에 3국 통일의 기세가 노랗게 익어
기개가 벅찼던 겨레의 설레임이.
나·당연합군의 협공으로 물거품이 되었네.
지금 이 겨레의 운명이
풍전등화로 살얼음 걷기이온데
풍운을 일으키며 불현듯 하강하소서
광개토대왕님! 주위의 4강패를
꺾을 대영웅은 당신밖에 없소이다
구세주님 시간을 다툴 급박한 이 겨레를
굽어 살피소서
피맺힌 우리 좀 구원하소서!

충렬

신라군 5만과 백제군 5천의 혈전이다
5만의 신라군은 황산벌에서
5천의 백제군을 초전에 승부내려
네 번의 총공격에 전사자만 산을 이룬다

백제 총사령관은 조국의 흥망은 이 일전에 있다.
진충보국을 결의하기 전에 처자를 죽게 하고,
단기 돌진의 관창을 살려 보냈지만,
재차 덤벼들 제, 목을 베어 말에
실어 돌려보내니……
신라 노장들 사기 충천, 총공세에
백제군은 전군이 옥쇄하니
참으로 장하여라 열세의 백제군에 머리 숙인다
나·당연합군에 700년의 찬란했던 백제는
속절없이 무너지고 말았으니
원통하게 옥쇄하신 계백 사령관님
힘차게 굴기하시어 갈피 못 잡는 이 형세를
하나로 꿰어 통일한 뒤,
세계에 우수한 배달족을 선양하시고
신라·당에 원수 갚듯
통일정부 세우소서
계백 총통님의 위세를 만천하에 현양하옵소서
영웅은 여세출입니다
피맺힌 한 좀 풀어주소서

통찰력

백수의 수장 사자도, 늙어서 굴 밖에
못 나오고, 언제 갈지 모르니
문안들이나 오라고 퍼뜨렸더니
뭇짐승들의 문병 행렬이 '장사진'이다.
여우는 굴 문 밖에서
서성거리고 있구나.
다른 짐승이 '왜? 그리 안 들어가는가?' 했더니
여우 왈, 들어간 발자국은 있는데,
나온 발자국은 눈 씻고 봐야 없으니,
아마도 입굴 족족 잡힘이 아니겠는가?

큰 그림부터 잘 그려 최대공약수로 약하고
또 약해서. 그곳의 시장성, 지식 수준,
관습 종교 등 잘 뒤섞어 비벼보고 대상과
1:1로 역지사지하여 실리 챙기는 기업자는
여우 아닌 고슴도치 방식의 처세술이었더라
큰 것들의 눈치나 보고 비위나 맞추는
또 거기에 아부요 사대에 비굴까지 한 물렁이가
실리주의자가 되길 간절히 간절히 바란다오

중국에도 미국을 놓아 버릴 수 없음을
솔직히 말하고 미국에도 중국이 지정학적으로
뗄 수 없는 연고가 있음을 알려
작아도 의젓하게 손 댈 수 없는 존엄함을 보이자오.

일편단심

말 타고 칼 들 힘마저 빠진 몽골을 모르고
위화도에 기치 올린 그 세력을 몰랐으니.
여말의 외교 능력 말도 안 되게 허술터니,
삼별초의 항전과 두문동 72인의
강인한 충성심! 포은의 일편단심!
참다운 일편단심이여! 장하여라 고려의 충신들.

이 정세를 꿰뚫어 보시고 진정 능소능대의
대전략가요, 영걸이요, 호걸이며
풍운적 영도자이시여
너무나 급합니다. 풍운을 몰고
굴기하시어 통일 Korea를 이끌어 주소서
구국 전선의 선봉에 꼭 서 주십시오
민족의 이름으로 간절히 간절히 바랍니다.

팽나무

그의 몸에서 아리송한 기상이 흐른다
굳센 겨레의 기풍이 묻어난다
하늘과 땅의 중간을 버티고 서서
온몸이 터질 듯 묵언의 힘이 배어난다
두루뭉실 꿈틀대며
울퉁불퉁 그 속에 올곰졸곰
수줍은 이야기
30년 전 고사(枯死)한 그 혼을 이었구나
아무리 봐도 비장한 한이 넘쳐날 듯
떠난 지 50여 년 전의 고향을 지킨 팽나무
태고적부터 국내외의 이야기를 간직한 너
뭔가 할 말이 많을 듯-곰곰이 더듬어 본다
육중하고 장쾌한 그로부터
겨레의 한을 새기며 버틴 널 보고
내 가슴도 미어질 듯 쓰리고 호젓해진다

감히 넘보지 말라

진녹색 그 잎에 진홍빛 해당화냐
'트'선달, '시'선생 그 멋쟁이들
눈이 흐려 침만 꼴깍 감불접근 아쉬울 터
넝쿨이 엉클어져 분홍빛의 그 장미에
'아'선달, '푸'선생도 애교롭게 덤비느냐
아찔하여 몸만 오싹 감불접근 안 됐구나

향기 물씬 휘어잡는 찔레꽃에
세상의 풍객(風客)들도
휘청휘청 침만 꼴깍 감불생심 이제 알았지
이 꽃들의 몸뚱이에 매서운 가시란다
어영부영 접근타간
황당하고 허탈해 감불생심 접근말라

새빨간 옻나무에 홀딱 반한
뭇놈들 덥석 접근해 봤지만
풍기는 그 독기에 퉁퉁 부어 갈팡질팡······

우리 탓이야

청·일(清日)들이 앞마당서 혈투할 때도
못난 주인이라 못 내쫓으니
우리가 저지른 탓거리더라

쪽바리 군발들 경복궁을 유린(蹂躪)할 제
주인이 힘이 없어 못 내쫓으니
우리가 저지른 탓거리더라

쪽바리에 피 빨리며 못 죽어 살 때
친일 주구들만 떵떵거렸다
우리가 저지른 탓거리더라

총알받이로 일군에 가고
아가씨들 짓밟혀 홀랑 벗기고
재물이며, 몸뚱아리 몽땅 앗겼네
우리가 저지른 탓거리더라

미, 중의 내숭떫에 속지들 말고
앙큼한 미소(微笑)의 일·러에 간담 앗길라
우리끼리 단단 뭉쳐 통일 이루면
그게 다 태산 같은 격찬거리다

독재자

상(은)나라 주왕의 애비(愛妃) 달기(妲己)
그의 미모를 온통 바쳐 망하는 상(商)만 바랄 뿐
마음의 거문고를 땅~땅 똥기당 똥똥……
시뻘겋게 달군 구리 기둥을 충언(忠言)하는
신하들이 건너게 하니, 그 불기둥에서 떨어만지면
이글이글 불죽에 녹아 버릴 뿐
바른 말 하는 신하께 화형(火刑) 명하는
그것도 왕이더냐. 달기는 호호호호……
그렇게도 좋아하고

히틀러의 명을 받은 아이히만은
200만의 유대인을 갈아죽였다
갈아서 비누를 만들어 세탁용으로 활용했다니
천인이 공노할 끔찍함이여!

반 군사독재자 DJ도 독재자 박정희에게
돌맹이에 매달려 수장 직전
미국의 도움으로 구사일생(九死一生)하였다.
아! 소름 끼쳐!

실미도에서 지옥 훈련의 북파 특공대를
노예처럼, 원수처럼 눈알이 튀어 나오게
쌩똥이 팍 터져 나올 때까지 죽도록
독한 훈련도 독재자 박정희의 명령이었다.

광주 시민을 빨갱이로 몰아 사살한
악마같은 독재자 전두환이 아닌가
독재자의 업보는 지독한 불죽에
빠져 죽어야 당연할 텐데……

후덕한 덕진 아가씨

강진 탐진의 안현감이 갑자기 서거하여
저승에 도착, 조사 받던 중
동명이인이라. 환생을 명 받아 출발 수속 중에
저승에서 이승의 출경관 문을 열어주질 않는지라
관세가 부족하여 난감만 한데, 관문지기 왈
'현감은 적선 저축재가 짚단 하나뿐이네요'
'네, 순찰 중 만삭의 여인이 시산통을 앓는지라
노변에 짚단 하나 풀어 깔아 줘
해산을 도운 일이 있습니다.'
'백미(白米) 50석(石)을 어이 마련할래요?'
수문장은 권한다.
'당신 고을 탐진강 나루터에 음식점을 하는
덕진 엄마는 쌀 한톨 남지 않게 깎아 밥 퍼주지만,
딸 덕진이는 언제나 쌀을 넉넉히 퍼담아 밥을 고봉으로
차려주는 후덕으로, 아가씨의 창고는
가득가득 찬 칸이 여럿인지라
덕진 아가씨의 넉넉한 쌀 50석을 빌려줄 테니
이승에 가서 그 음식점의 덕진 아가씨께
사연을 말하고, 잘 갚도록 하오. 알겠소?'
'예, 예, 고맙습니다.'
나오자마자 현감은 수십 량의 달구지에
쌀을 싣고 나루터 음식점에 도착해
사유를 말했을 때, 덕진 아가씨는
어인이 벙벙해 놀라고 좋기만 하여,

그 많은 쌀을 어이 쓸까 고민 중
징검다리로 건너는 곳에 다리를 튼튼히
건설해 또 하나 크나큰 후생사업으로
모든 사람에게 큰 혜택을 줬다오.
이건 실화로 지금도 튼튼한 덕진교가
거북이처럼 엎드려 '대봉사'를 한답니다.
참으로 흐뭇해요. 언제나 넉넉한 행동으로
적선들 하자스라.

호국영웅

낙랑왕 최리의 딸 낙랑공주와
고구려의 왕자 호동, 엉크러졌네.
화창한 봄날에 궁궐 뜰에서
사랑은 깊게만 무르익더니
호동 부대 공격의 때에 꼭 맞춰
자명고를 찢어준 낙랑공주여!
한의 지배 421년의 끝장을 내고
고구려에 합쳤으니 길이 남을 영웅
호동왕자여! Annodomini 313년

수의 대군 113만 살수의 고기밥 되던
그날에 고구려의 위세는 당당만 하니
투철한 전략가에 만고의 대영웅!
을지문덕 장군이여! 영원하시라
Annodomini 612년

당 태종의 왼눈에 화살 박아준
안시성의 호랑이 양만춘 장군!
혼비백산 당군들 침공 접더라
Annodomini 645년

만주벌 누비며 호령하시던
불세출의 대영웅 광개토대왕
중국 요양성도 점령했으니
삼국통일이 코앞일 적에 나·당연합군에
궤멸 당하니, 민족통일 훼방자
원한의 신라여!
Annodomini 668년

50,000의 신라군과 백제의 5,000 결사대
황산벌에서 대회전 하기 전에 -
처자를 사약으로 죽여 버리고,
백제를 지키다 모두 옥쇄라!
장하여라! 천하 제일
호국 영웅 계백이시여!
Annodomini 660년

수치롭게 친당 외교로 백제, 고구려 쳐서
합쳐서 소통일은 했지만
김춘추, 김유신도 당대의 걸출이라
추모하노라
Annodomini 676년

왕건의 실수로 침공하는 거란을
세 치의 혀로 격퇴한 대웅변가 서희
귀주서 거란군 수장시킨
불세출의 강감찬!
몽고에 대항하던 애국자 삼별초군!
여·원연합군에 전멸 당했네.
아, 애석하고 원통하여라
Annodomini 1019년

청태종 침공할 제 삼전도에서
인조는 항복이라
김상헌, 윤집, 홍익한, 오달제는
절대, 죽어도 불복하다 청에 끌려가
순국하신 삼학사를 천추만대

아니! 영원토록 받들자! 기리자!
Annodomini 1636년

임진왜란에 류성룡, 이원익, 이항복, 이덕형
그리고 이순신, 권율, 사명당 유정……
호국의 인걸이 계셨기에
한강 이북은 중국에, 이남은 일본에
먹히지 않았기에 오늘이 있죠
자랑스런 영웅들께 재배합니다.
Annodomini 1592년

일본에 먹힌 뒤 김구, 안중근, 유관순 등
…… 애국지사와 항일의병 및
애국 투사님들이시여
천추만대라도 숭상하리다
오! 장하신 어른들이시여!

스탈린, 모택동, 김일성이 합작한 6·25
침공에 16개의 UN군과 맥아더 장군!
참전 유공자께 옷깃을 여미고
추존합니다. 영원하시라, 호국영웅이시여!
Annodomini 1950년

빈가(貧家)의 백반

옛날 빈가의 슬픔이야 어찌 말로 다하랴
1년 내내 잡곡밥 아니면 죽죽죽……
귀한 박어사님이 오셔서 부잣집서 빌려다
손님 밥만 백반을 올렸는데
철 없는 꼬마는
'나도 쌀밥 달라' 졸라대는지라
엄마는 딸 귀에 속삭인다
'손님이 남기시면 좀 줄게, 응.'
손님의 밥숟갈만 쳐다보고 또 보고 보고……
몸이 닳는데
마지막 숟갈까지 보고 있던 딸은
'다 먹어 버렸다'
엉엉 엉엉, 엉엉 엉엉……
'아아! 이 가난이여! 기막힘이여!'
가슴 미어지는 어머니……

민족애가 보이잖아

우리를 질근질근 밟고, 비틀어 짜
쪼~ㄱ 빨고, 달달 볶고, 푹푹 삶아대니
생이불여사(生而不如死)에서
해방되어, 겨우 소생해, 잘 살아보자
기대 컸는데, 미국이 제 맘대로 38선을
그어 북쪽엔 소련에 줄을 댄 '김뚱보'와
남쪽엔 미국 가랑이 밑의 '리 양반'이
정권욕에 새빨간 눈알들을 번뜩일 무렵,
중간의 캐스팅보트로 백범(白凡)이
'이참엔 기필코 통일해야지' 북의 김뚱보와
협상하러 넘어가면서 통일 담판에
실패를 하면 38선을 베개 삼아 죽고 말겠다
하더니 결과는 실패작이라. 허탈하여라.

그놈의 강패국 '소련', '미국'이 원수 아닌가
약소국에 윽박지르는 강대국들의
추잡한 행패는 꼴불견일세
남북의 권력형 그 두 사람이 이 강산을 피바다로,
재산을 잿더미로 망쳐 놨으니……
애국, 애족과는 동떨어진
별 볼일 없는 '팔불출'이 틀림없더라.
정신 바짝 눈알을 매눈처럼 빙빙 돌리자.
사주방어 빈틈 없이
나 홀로서기 꼭꼭 해야지……

얼결 없이 버텨가며 번영하는 스위스처럼, 강자들도
함부로 못하는 저 '이스라엘' 같이,

163

당당하게 잘 사는 싱가폴,
베네룩스3국 스칸디나비아 3국처럼.
남북 소통으로 꼭꼭 하나되어 고슴도치 같으며
소가 밟아도 까딱 않을 강국으로……
아무도 간섭 못할 당당하고 근엄한
모범국으로만 가꿔 나가세!

촛불

네 몸 하나 태워 사방을 밝히는 너
어찌 좌불안석코 서울의 광화문과 전국의
광장에 그렇게 많이도 모여, 바다를,
아니 파도를 이루느냐
비선 실세의 국정 농단이 무능, 무지의 얼간이
때문이라, 이 집회가 희망의 불씨로
철면피의 악성 패거리에 뜨거운 경종이 되어
기성 수구패를 갈아치우는 시민에 의한,
시민을 위한, 시민들의 촛불 혁명이다

촛불은 온 국민의 마음의 불꽃,
나라 바꾸는 힘. 정부는 무능하지만
국민은 위대함을 확인시킨,
성숙한 시민의식, 이것이 미래를 담보하는
추동력이다.

위정자들이여! 국가의 진정한 주인은
국민임을 다시 한 번 되새기라!
불의에 상처 입은 한국인 고뇌의 충성심!
집단 치유, 도덕적 공동체의 희망을 확인시켜
잘 살아갈 힘-민심이 투영되는 그곳,
분노와 우울감을 호소하는 촛불의 역동성,
청, 장, 노년 등 모두의 집단 공황에 빠졌다
우울과 무기력에 솔랑 빠졌다. 최 얼간의
교육 농단 이것이 호가호위(狐假虎威)요.
원수의 무능으로 실정의 늪에 깊숙이 빠졌다.

불의와 실정에 반대하는 사람들의 적나라한
발로다. 평화 집회로, 불의를 저지른 정권과
다름의 과시요. 정권은 부도덕하지만
희망이 넘치는 시민공동체의 사회 변화를
갈구하는 강력한 메시지다

총칼이 아니고 촛불만으로 뭣을 어떻게
해보겠다는 건가. 가슴 터지도록 갑갑한
세상 밝히자고 모였다니까.

구중궁궐 깊숙이 쳐박혀 고집 부리는
사이비 대표의 기를 꺾으려고……

가사니 시장이니, 짜고 쓴 맛 전혀
모르는 늙은 '여우공주'가 제멋대로
휘저어 망국의 구렁텅이로 몰아넣으니
만고의 역적 그녀를 무릎 꿇게 하자스라
유권자 여러분! 목이 터져라 외칩시다
제발 제발 찍지 마오
알맹이 없이 나불대는 경박한 자에……

이 강산에 살리라

산 좋고 물 좋은 곳
어딜 가나 정이 물씬
이 강산에 살리라

꽃 피고 새 우는 곳
사철마다 다른 풍광
이 강산에 살리라

오곡백과 풍성하고
집집마다 웃음소리
이 강산에 살리라

외우내환(外憂內患) 심했지만
슬기롭게 버텼도다
내 겨레와 도란도란
이 강산에 살리라

은근과 끈기로 가꿔 온 조국
음덕과 사랑으로
자자손손 꼭 번영할
이 강산에 살리라

봄소식

살랑살랑 봄바람이 어김없이 오는가
일렁이는 파도는 한결같이 닥치는데
봄기운도 함께 와 살포시 뿌리는구나

포근히 안아 잠 깨울 햇살이 퍼져 미친다
변함 없는 대지의 속삭임에
완연히 분출하는 저 봄소리
못내 밀려나는 동장군의 꼬리
진눈깨비로 봄을 시샘터니
훈풍에 등 떠밀려 아쉬운 듯 떠나는가

온누리를 감싸듯 하늘도 동하누나
바다와 맞닿은 저만큼의 수평선
지구촌에 빠짐없이 고루 살포시
삼라만상이 속삭이는 저 소리에 나도 설레이네

살려면 흔들려라

나무는 어디서나
단단히 중심 잡고 있었구나

가는 가지, 잔 잎 하나까지
온몸을 위하여 흔들렸구나

뽑히지 않으려
바람에 따라줬구려

불평 없이
부는 바람에 따랐구나

그렇게 나무는 유지되는군

그게 다 든든한 뿌리 덕이지
잎, 가지, 뿌리는 하나라니까

능소능대(能小能大)만이 살 길이다
강한 자엔 슬기롭게 나도 살고 너도 살자
약한 자엔 부드럽게 가꿔주고 동무하자오

손과 머리

햇살같은 그 손으로
가꾸어 늘려내고
부드러운 그 손으로
온 인류를 부양한다.

쇠스랑같은 그 손으로
우리 겨레 지켜내고
능수능란 그 손으로
인류문명 열었으며
다독다독 그 손으로
두뇌 개발 힘썼고야

그 두뇌, 그 손가락
엄청 큰일 일궜으니
그 고마움 모른다면
사람이라 어이할꼬

모두 모여라

물은 어디에나 응해주더라
공장 폐수도 골짜기의 벽계수도
그냥 하나 되려 흘러가더라
그 품 넓은 바다로 바다로
모여드는구나

바다처럼 큰 그릇의 통치자에로
백성도 구름처럼 모여나 들고
더러운 미세먼지, 악취 그것도
구름은 모두 안아 나르는구나

소나무 잡목들도 다툼없이 숲 이루고
공기도 차별없이 모든 생물 살리고야
햇빛은 모두 안아 활기차게 키우는가

흑, 백, 황색 인종들아!
한 품 안에 모두 모여
흥겹게들 살자스라

사랑

❶ 울타리 사이로
처녀 총각 눈 마주쳤네
설레는 남녀는 허둥지둥
바구니 끼고 살짝 나물 캐러 사뿐사뿐
지게 진 저 총각 나무하러 거뜬거뜬

시냇물은 졸졸졸, 시간 가는 줄 몰라라
달콤한 그 시간에 푹들 빠져
후끈후끈 청춘은 그저 좋기만
시간아 가지 마라
가벼워 버린 바구니요
가벼워 버린 나뭇지게

그들의 흥겨움이 황홀 그것이냐
둥둥 하늘로 떠오르는 듯
땅으로 푹삭 가라앉는 듯 아이고 좋아라
이보다 더 좋은 흥이 어디 있을꼬

안 만나면 전전 불매 아련한 내 사랑아
만나고 또 만나니 짚신짝 다 닳는다
뜨거운 우리 사랑 깊어만 가네
봄날아 가지 마라! 찰떡처럼 끈끈쿠나
말타고 가마탈 날 언제쯤일꼬

❷ 얌전코 조용한 그 아가씨
진달래 동산서 만나자더니
한식경 되어도 모습 안 보여
도령은 머리 긁적이며 서성거리네

예쁘고 싹싹한 그 아가씨
도령에게 분홍 수건 선사했는데
그 수건에 더욱 정이 가는 건
그렇게도 아가씨가 그립기 때문
삘기 또아리까지 선사한 그녀
정말 정이 가고 애틋도 한데
이번엔 그도 색주머니 하나 건넬 참이라
마침 저만큼 생긋 웃으며 달려오누나.

봄의 잔치

총천연색으로 온통 환한 4월의 산야
시네마스코프를 보는 듯 황홀하구나
그 꿈을 품었기에 조화롭게 단장하겠지

참된 것은 그저 묵묵히 있을 뿐
호들갑이라곤 전혀 없다네
필설로 표현 못할 이 은근함이여

그 지독한 추위를 견뎌내고
일제히 토해내는 봄의 향기
너무나 엄숙한 정중동(靜中動)의 법칙인가
숙연히 봄에 젖어 푸른 꿈들 품는다

소리 없이 치러내는 이 봄의 향연 속에
그 엄청난 비밀을 어이 다 알 것인고
마냥 어리둥절하여 그냥 앞산을 보고 하늘을 본다

소박(疏薄)

녹즙이 풋풋할 땐 온몸이 닳도록 좋아하더니
단물만 쪽쪽 빨고 누런 잎 되니
얼음장보다 차가워지네

오로지 기댈 곳, 의지할 곳 아니었구나
'우리는 여성!' 엉성하고 매정한 남성을
경계하라, 빠지지 말라

나로서 잘못이 하나 없지만
위세를 부리며 매정만 하네
헐벗고 굶주리며 땅만 보며 살았는데
눈코 뜰 새 없이 헐근헐근 일만 했건만
믿을 수 없는 건 이런 남자류
수십 년간 하잔 대로 잘도 했는데
새벽부터 늦밤까지 일만 했노라

그렇게 엉뚱하게 난폭해져도
형제들은 허허 웃기만 하네
오! 이 신세를 어이할거나

그대로 해로(偕老) 하겠다더니
기댈 곳 없는 신세 어이할거나
오뉴월 식혜될 줄 정말 몰랐네

오늘도 연못의 저 원앙들은
끼욱끼욱, 꾹꾹 정겹군 그래
처절한 내 인생을 어이할거나

봉건시대 한 여성의 회한(悔恨)

175

폐허

500년 도읍지가 이리도 허무하랴
쑥, 으악새에 온통 뒤덮였구나
왕후장상의 발자취는 간데없고
뜬구름만 허허히 떠가는데
개구리들 목 메이게 울고만 있네

선죽교 외다리에 포은의 원한이요
두문동의 일흔두 분 거룩키만 하신데
삼별초의 독립정신 잊지들 말자스라

우물안 개구리로 밖을 잘 몰랐으니
그 큰 원나라 '서산낙일' 될 줄이야
그리도 몰랐으니 망하는 게 정답이라

풋사랑

물방앗간 그 뒤켠에 살짝 숨어든다
살금살금, 소곤소곤 정겨운 청춘
시간아 가지 마라, 아이고 좋아라
아직은 어색하고 서투른 사랑
덜덜덜 떨면서 삘기 또아리 건네주는
댕기머리 아가씨의 정겨운 눈웃음에
떨리는 그 손으로 받아 먹는 저 총각

훌쩍훌쩍 징검다리 건너는 아가씨에
돌팔매로 물장난 걸어 보누나
시시닥거리며 쫓고 쫓기고
그저 저렇게 즐겁기만 한데
아차 헛디뎌 철퍽 빠졌지만
그래도 둘이는 좋기만 해라
한참 물싸움에 흠뻑들 젖었구려
찔레꽃 그 향기 그윽한 언덕 밑에서
정겹게 붙어 앉아 옷을 말리네
따끈히 쏟아 말려주는 고마운 태양

버텨온 나무

그 연륜 6~700세 그 은행나무
팔다리 쭉쭉 뻗어 잘도 컸구나
가뭄, 장마, 태풍, 혹한 모두 이기고
모지부양(母地父陽)덕에 천신만고(千辛萬苦) 고개 넘어
이리 장하게도 버텨왔다오

못 돼먹은 왜구 떼도, 악착스런 청군 떼도
그저 끙끙 속 앓으며 지켜봤다오.
꾹꾹 참으며 충신, 간신, 역적, 효부, 열녀들
끄덕끄덕 보면서 배달민족과
희노애락 같이 하면서
이렇게 의젓이 살아왔다오

자유 민주 좋아하며 누리지만 말고,
헐벗고 굶주렸던 조상도 생각 좀 해요
멋 모르고 으스대는 철부지들아
반토막 신세에 뭣이 그리 좋아?

차려! 차려! 정신들 차려!
멋 모르고 덤벙대다 미친(美親) 중친(中親)
노(러시아)친(露親) 왜친(倭親) 빠지지 말고
눈을 부릅뜨고 경계들 하세
저 눈초리가 무섭지 않아?
7백살 은행나무는 큰 호령한다

보릿고개

아이고 엄동설한 어이 견뎌낼거나
마늘도, 꽃망울도, 까막까치도
굶고 헐벗은 백성들도, 얼음장 밑 물고기도
산짐승, 땅 밑의 곤충, 기한(飢寒)에 떠는
북녘 동포도, 설한풍에 남부여대
피난민들도, 이재민도 살아왔는데
살아가는데. 우린 쏟아내려 포근한
눈이불 덮었으니 살 만도 허이
엄마품같이 부드럽게 감싸주는 눈,
우리들 보리싹은 우리 겨레 살리려
참고 견뎌 견뎌 그 고개를 넘겼노라
그래서 우리를 발전시킨 것들 중에
'특등 유공자'

살신성인(殺身成仁)

❶ 이른 봄의 산불에 온 산이 타오르는데
알 품은 저 암꿩은 그대로 타죽는다
나만 살자고 푸드덕 날아가면
알들은 고스란히 재 되고 말 터
알과 함께 타 죽은 숭고한 까투리여!
아! 거룩한 그 모성애! 가슴팍 미어지네

❷ 여기는 월남 갈 맹호부대
수류탄 투척 훈련장
차려! 준비! 뽑아! 던져!
한 조씩 차례차례 투척을 한다
김일병도 뽑아! 던져 휘-ㄱ 던졌는데
긴장한 그는 대기조 앉은 쪽에 던져 버렸다
아찔한 순간!
중대장 강재구는 몸을 날려 덮쳤으니
꽝! 그분 하나만 산화하셨네
천추만대에 남을 용사요, 영웅이여!
자랑스런 강재구 소령 만세!

❸ 일본 도쿄의 지하철역에
전철은 잽싸게 달려드는데
일본 청년 하나 철길로 뛰어내렸다
아찔한 순간!
뒤따라 몸을 날려 그 청년 잡아당겨 살리고
살신성인한 용감한 한국 청년이여!

참으로 장하여라
일본 천황까지 친히 달려와
한국 청년의 거룩한 의거에 고개 숙였네. 이수현!

❹ 천지가 꽁꽁 얼어 붙은 혹한에
항복을 반대하는 홍익한, 윤집, 오달제 열사.
거룩한 삼학사님들, 발길에 채이고
개 패듯 두들겨 대니
동상으로 부르튼 발은 절뚝절뚝
눈 위에 핏자국을 찍어찍어
반송장이 압록강 건너 닿은 그곳은
적지의 심양이라
"항복만 하면 높은 벼슬 줄테니……"
걷어 차고 두들겨 패니
견디다 견디다 이역만리서
한양을, 내 조국을 그리다 그리다 순국하셨네.
참으로 참으로 숭고하십니다.
우리 삼학사님 만세! 만세! 만세!

❺ 얽히고 설켜 엉클어진 넝쿨 속에
잡초들도 가려주니 간신히
엉덩이는 가렸지만
옮도 뛰도 못할 신세
천신만고 겪으며 살아났는데
찬 이슬 무서리에 온몸이 시려오네
된서리에 혹한까지 죽자살자 버텨야지

꽁꽁 얼었지만 내 씨만은 못 얼려
따사로운 봄볕이냐 내 씨들 세상이라
쥐 떼들에 먹히고 몇 톨만 남아
겨우 호박의 대를 잇는다
이 내 몸은 고스란히 썩어 내 씨들의 거름 되리라

뿌리로 돌아가자

고막 찢길 굉음과 숨 막히는 공기를
끈덕지게 이겨내며 도시의 문턱쯤에
역사와 함께 아름드리로 살아왔다.
그 고통을 어이 말로 다 하오리오.

그래도 내 그늘에 고달픈 백성들 쉬어도 가고,
CO_2와의 투쟁에서 양산한 산소로
뭇것들 살렸노라.
시상(詩想)에 묻힌 사람,
내 뿌리와 하늘 가린 거목에 젖어 흥얼흥얼
몇 수를 뽑아내고 휘청휘청 갈 지(之) 자로 걸으며
흡족히 웃는다. 거목의 보람찬 녹음에
심신(心身)이 흠뻑 젖어 취했으리라.

그러나 어이하랴 세월을 이겨낼 장사가 어디 있던가
이제는 별수없이 고목(枯木) 되었네.
썩어들어가는 몸뚱아리를 양분으로,
봄이 피어나고 희망이 넘실 넘치는 구나
낙엽도 푹푹 썩어 뿌리로 돌아가
초록에로의 그 임무를 젊은 나무에 넘기고
이제 자연으로 돌아가련다
이것이 윤회라는 자연의 법칙이라

이즈음 지팡이를 끄는 저 노인장은
서산마루의 석양을 하염없이 바라보며
장탄식인데
기다란 그림자가 쓸쓸히 따라가네

혼백

너와 나는 같은 운명
그냥 붙어 하나되어 사는 거야
내가 있기에 네가 있고
네가 있기에 내가 있더라

그러나 너라는 너는 보이질 않아
내가 잘 때도 넌 모든 걸 작동시켜
생(生)을 잇게 하는구나
지칠 줄도 모르는 너

일곱끼니 굶어 간들간들 할 때도
며칠을 못자고 시달릴 때도
그렇게 두들겨 맞아 신음할 때도
깜빡 실신하여 뻗었을 때도
이루 헤아릴 수 없는 7난8고들
너와 함께 분투하여 버텨왔구나

아직도 시련, 고통 얼마나 남았는지
서쪽 향해 비틀비틀 걸음 옮기다
너와 내가 헤어지면
운명은 끝이란다
좋은 세상 다시 만나 큰일 꾀하자

신비로운 생명

어이 살라고. 깔딱 까-ㄹ 딱 얼어붙어 끝장날 찰라
이 시각을 끝으로 반환점을 박차고 돌아서는 '아버님'
둥실 두~ㅇ실 굴러올 테니 실눈 뜨고 한숨 지으며
살맛이 나오는 듯 '어미' 땅덩이에 붙어 사는 것들

우지직 기지개 켜고 큰 숨들 쉬는구나
희망찬 온누리에 흠뻑 빠져 얼쑤 좋아라

털 멍덕 오바를 훌훌 벗어던지고
'아버님' 맞으려 우리 만상(萬像)은 그리도 좋기만 하네
엉클어져 뭉실뭉실 그 춤사위 흥겹구요
야들야들 봄 맵시에 그윽한 그 향기는
만상에 힘을 주는 활력소 그 거라오

7난8고 이겨내고 구사일생으로 회생한 만상이여!
마음껏 어깨 펴고 흥겹게들 살자구요

태양아빠, 지구엄마 그 사이에서
만상들이여! 아낌없이 베풀면서 너울너울!
너울너울 춤도 추며 실속 있게 살아가세
살다 가세

평창(平昌) 서사시

겨울 올림픽, 새로운 역사가 열렸다.(2018.2.9)
지구촌의 젊은이들이여, 마음껏 질주하라
시리도록 청명한 백두대간의 겨울 하늘을 향해
드높이 치솟아라

청년의 영혼처럼 투명한 순백의 평창에서
그대들의 아름다운 도전과 화합의 합창이 마음의
혹한을 녹이고 정치, 종교, 인종 차별 없는 평화의 잔치
지구촌은 하나된 열정으로 달아오른 것이다

우리 손으로 하나하나 다독다독 준비한 30년만의
올림픽이다. 우리는 30년 전 6·25 전쟁의 폐허를 딛고
이룬 경제 성장의 토대 위에 1987년 6월 항쟁으로
열매 맺은 민주화의 축포를 올리며
올림픽을 성공적으로 치러냈다.

우리는 서울 올림픽 이후 군사 독재를 끝내고
세계에 문을 활짝 열어 가장 빠른 속도로
이렇게 성장했다. 그래서 우리는 이 세기
굴지의 '영웅'들이다.

그렇다, 서울 올림픽 이후 우리는 중진국에서
선진국 문턱까지 간단없이 달려왔다

외환 금융위기 등 숱한 고비를 거쳤지만
미래 성장 동력 부재 등으로 새로운 도약의
모멘텀(momentum)에 목마른 시점이로다
내부의 이념, 세대, 지역 갈등이 여전하여
먹구름을 드리우고 있다 이거, 모든 의견 차이를

접고 한마음이 되어 올림픽을 즐기고 성원하였다
지구촌의 날렵한 청년들이 한자리에 모여
페어 플레이 정신 아래 경쟁하고 도전하며
만들어 내는 각본 없는 드라마. 백설의
'서사시'를 거뜬히 치러냈다.
그래서 우리는 온누리에 지혜롭고 다부진 게르만,
유대인과 더불어 다부진 민족이 아니던가

봄 오는 소리

온통 쩍쩍 갈라지던 혹독한 추위를
이 뿌드득 갈며 참아왔기에
이 봄이 한결 쫀득쫀득 참맛이 난다

개나리의 분명한 나팔소리에
봄 안개 자욱한 우리 강산에
은근히 하품하고 기지개 켜는 소리

산수유도 펑 터지는 목련 옆에서
조용히 봄 살림 채비하는구나

무궁화 강산에 새 봄이 오니
남북이 4·27에 머리 맞대고
한·미(韓美)가 5월 중에 구수(鳩首) 회의라
Korea 동산에 평화의 아지랑이 모락모락
이때다 잡아라 놓치지 말자
얼마나 시달리며 견뎌왔던가

이제는 온통 내려들 놓고
환희의 노래 높이 부를 날 기다려 보자
무궁화 강산에 경천동지(驚天動地)의 변화 오리라

순리(順理)가 좋아

"올라가지 마세요!"

이 문구가 없었으면
그냥 지나쳤을 저 계단
글자의 힘이 대단하네요

왜 출입을 막았을까
더 올라가고 싶어만지네
가봤자 허망할 수도 있겠지만

거슬리는 감정은 병의 못자리
세상일, 나랏일, 집안일, 내 일 할 것 없이
순리와 중용 외에 더 좋은 건 없네
역류와 극단, 그거 파탄의 씨앗

순(舜)임금으로부터
홍수에 무너진 치수
명 받은 우왕(禹王)은
터진 둑 막지 않고 강 되게 하니
더 할 일 별로 없어 순탄하더라.
전강위전(前江爲田)의 순리(順理)이러라

평화의 꽃

무술년 초여름의 녹음방초들
더욱 엄숙하고 의미심장하여라
펑펑! 꿈을 퍼뜨리려 푸나무들
정색들 하는구나

분단의 70성상 그 상처 치유하고
골육상쟁의 그 슬픈 역사에
마침부호 찍고, 평화의 꽃이
이제 막 피려 숙연하구나

2018. 6. 12 오전 10시
북미정상은 당당하였다
그들 속에 숨긴 흉계가 똬리쳐 있었다면
분위기는 흉흉하고 썰렁했겠지

둘이는 결심했다, 굳혔다
비핵화 체제 보장을
인제는 열렸다, 제대로 살자
우리는 잘 살지라, 잘 살 것이다
그래서 두 정상은 영웅이어라
종전에서 평화에로 끝맺음되면
우리 민족 잘 살 일만 남았을 터
제일공신은 무지개 타고 종횡무진의
중재자 Moon Jae In!

비벼 뿜는 그 계절

남녘의 훈풍 맞아 잘 비벼낸 그 내음
벌, 나비의 후각을 자극한 그 내음,
맘껏 놀아주고 흡족해 빙그레 웃는다

향수 내음 은근한 저 아가씨
꽃 향기에 취해 씽긋이 웃으며
살포시 발을 옮긴다
올해는 좋은 소식 있겠지, 속말 하는 듯

실지렁이

이 너른 세상에
그 깊은 하수도(下水道)에 빠졌느냐
어이 욕조 구멍으로 올라 붙었는고?
양분이라곤 0인데 어이 생명 유지했느냐
바늘만한 저 몸 너무 처량히
죽은 듯하네!
겨우 붙잡아 밖의 화단에 던져주며
이제는 활로 찾아 잘 살아라

인생(人生)은 마라톤

전력질주하던 왕성한 의욕의 사업가 왕서방은
'참외를 힘겹게 짊어진' 고슴도치 의욕가 고서방에게
우리 너무 빠른 거 아닌가?
고슴도치 고서방의 대답.
그렇지, 너무 달리면 금방 지쳐
잠깐, 잠깐, 쉬엄쉬엄 달리세
달려온 길을 돌아보기도 하고
잠깐 서서 흐르는 물과 대화도 하고
말 없는 산(山)도 하염없이 바라보지요

그리고 또 달리자오
42.195km의 장정을.
사등분하여 한 구간씩 질주하자니까
그럼, 지침 없이 완주하는
인생(人生) 승리자는 틀림없는 당상
출발지서 다리까진 힘 아끼며 휙휙 달리고야
다리서 빌딩까진 좀더 힘내어 휙휙 달리고
빌딩서 은행나무까진 뱃심 좋게 끙끙 달리기만
은행목서 종점까진 당차게 아낀 힘 다해
질주하면 우승, 우승, 우승!

통 큰 사나이들

70년간 두꺼워만 진 응어리의 벽!
드디어 와지끈 무너지는 통쾌한 저 소리
놀랍고도 장엄하다 이 가슴팍 두근두근

그 두꺼운 벽 DMZ 무너뜨린 통 큰 사나이들!
그냥 저 멀리 날려 버리고
판문점서 정겨운 대담하더니 조·미(朝·美)는
싱가포르에서 신뢰 쌓는 구수(鳩首) 회담도
하였다니까

확성기, 철조망, 지뢰도 걷어치우고
폰으로 통화하고 육상으로 왕래하면
물류는 흥청유통 굶주림서 해방이라

아! 세상 으뜸가는 축복받은 겨레인가
태산처럼 막중한 세기의 이 성업을……
한국민의 촛불이 드디어 이룩했네

그 통 큰 사나이들이 아니었다면
가슴팍 활짝 열고 일 해낼 그 사람
뉘라던고……

오! 장하여라, 통 큰 사나이들아!
이 세기의 통 큰 영웅들이 꼭꼭꼭 되어다오!
사상, 이념 앞 민족애로 돌아가세……

운(運) 구슬

팔짝 미끈, 미끈 팔짝 운(運) 방울이
예서 제서 폴짝폴짝 미끈덕미끈덕 안 잡혀

요게 요게 안 잡혀! 헛고생만 쌓이네
저 사람은 머리 좋고 큰 손이던가
단박에 많이도 잡아 모았는데
요놈! 요놈! 저 구슬 하나! 구르는 운을 못 잡아?

안 잡히면 잡힐 때까지 머리 써야지
앞으로, 뒤로, 옆으로 방법을 바꿔야지
잡힐 때까지, 포기는 절대로 없다

저 많은 잎들은 햇빛도 잘도 받아
잘 크누나 이리 팔랑 저리 팔랑 빛을 받아
반사, 반사, 되반사, 되되반사……
겹쳐서 광(光) 못 받는 잎 하나도 없이
몸 둥치 열매 위해 말없이 일만 하네

오늘도 폴짝폴짝……
미끈미끈 빠져나가네
지쳐 버렸다
두 손가락에 좀처럼 안 잡히는 미끈이구슬
서산마루에 고독히 서서 뒤돌아보니
그 많은 운 방울 보배 방울은
소쿠리에, 삼태기에, 왕그물에 긁어 모아져
삼성, 현대, LG, SK 대통령……
천 층 만 층 수만 층 아니 수억의 능력 차인가
몇 곳으로 거의 다 긁혀 모여 태산만큼 쌓였구나

미끈이 기름 구슬 겨우 하나 잡은 인생(人生)은
석양을 하염없이 바라보며 깊은 한숨에
땅이 꺼지라 회한의 눈물 짓는다
행, 불행이 자신의 역량만큼인 것을……

알밤

삼대양(三大洋)에 파도가 높을지언정
전쟁의 포성이 진동하여도
미세먼지, 공기오염 뒤덮을망정
핵실험에 온 세상이 죽 끓듯 해도

푸르름 마시며 낮에 만든 양식을
밤이면 차곡차곡 가시주머니에
아무도 몰래 간직해 가노라

폭염, 폭우, 폭풍, 곤충과의 '전쟁'에서
굴종과 낙오 없이 가을 향해 버텼노라
양부(陽父), 음지(陰地) 덕에 쥐꼬리꽃 오롯이 떨구고
가시 송이로 내 몸 지켰기에

이젠 토실토실 알밤 꽉 채워 쫙 벌린 입에
세 톨 적갈 이(齒) 버젓이 드러내고
알몸으로 낙지(落池)만 기다리노라

불굴의 생명력을 과시하나니
내일 지구의 멸망이 올지언정
오늘까진 적갈색 세 치아(밤알)에
전분 저장 그 일만 이어가리라

잡동물에 먹히고 숨겨진 몇 톨들
그 혹한 이겼기에
부양(父陽) 받아 지덕(地德)으로
새 싹 틔워 새 삶 경영할지니
목표는 오직 하나 알밤 채우기에
골몰하리라

197

흡혈귀

철저하게 짜 내는 그 쪽발 정치
피땀 흘려 거둬들인 쌀곡식을
몽땅 착취요 갈취를 하니
먹을 것이 있어야 살아들 가지
대두박, 밀기울로 겨우 사나니

어려운 발길 돌려 빚 얻으러 갔으나
몸 숨겨 안 나오는 비열한 자여!
야속하여라 집 뒤로 숨는 걸 본
촌로(村老)는
한숨이요 허탈뿐 눈앞이 캄캄해라
돌아서는 빈농의 기막힘이여!

사람 괄시 그렇게 해선 아니 되나니……
'나물 먹고 물 마시고 팔을 베고 누웠으니
대장부 살림살이가 이만하면 넉넉하다?'

이거야 시도 노래도 장한몽도 아니요
뱃가죽이 등에 붙었는데 뭣이 어쩌고 어째?
고관대작, 영웅호걸도 먹어야 구실 하지

'광에서 빛이 나고 금강산도 식후경이라'
수십 년간 우리 피 빨아 네 배만 채운
'흡혈귀'들아! 사람 탈 쓴 악마들
생각만 해도 치가 떨린다

이젠, 이젠 진짜 각심들 하자
매 눈 돌리듯 사주 경계하자오
눈 번쩍 뜨고 속지 말자니까

그리고 부지런히 서둘러 잘들 살자!
지금은 그 쪽바리들도 받을 거라곤 벌(罰)밖에 없어
달게 받아라 태풍, 쓰나미, 지진, 화산, 폭우, 한발
실컷 받아라
조작쪼작 빚 얻으러 간 그 촌로(村老)를 피한
그 뒷도 아무 거 없이 빈털터리 됐네
천도(天道)가 있지

큰 사나이들이 큰 꽃 피운다

큰 바다를 건너간다
선 굵은 사나이들의 입김에
한층 밝아진 이 겨레의 눈빛

북으로부터 뚜벅뚜벅 걸어간다
평화를 짊어진 덩치 큰 사나이들
더욱 열리는 겨레들의 가슴팍

선으로 이어지는 날틀을 타고
작은 섬나라로 누굴 위해 가느냐
바다 위의 창공을 가르며
누굴 위해 가느냐

그 섬에서 가슴 활짝 열고
누굴 위해 알맹이 찬 말을 토해내는지
화끈하고 대담하며 시원시원한 두 사나이
우리는 설레인다
평화 통일이 앞당겨질 듯해서

지구촌 사람들의 시선을 받으면서
대담하여 시원시원히 큰일 낼
두 사람의 입을 뚫어지게 바라본다

모든 응어리 풀어내 버리고
이 겨레에 가슴 미어질 듯
새 희망을 가득 안길 듯하여
인제는 죽을 먹어도, 좀 힘들어도
서로 부벼대며 우리끼리 살자구요
다 되어가는 밥에 제발 재만은 뿌리지 말자
두 사나이 Moon, 김 대표

취하는 계절

푸른 하늘에 취해 넓어진 가슴으로
눈길을 신록으로 돌린다

5월의 신록인가 여성의 몸처럼
야들야들함에 취해 내 몸이 녹아들어 간다

유혹하는 몸짓만 같아 입을 벌린 채
자아를 잊고 눈을 박은 채 그냥 취해들어 가는가

그 많은 잎들이 광합성 작업이라
채광만이 살 길이라 한 잎도 겹침 없이
빛의 반사, 반사, 반사 역반사, 역역반사,
반반반사…… 물리를 이용해
배열되는 잎이여! 어이 그리도 신비하단 말인가
질서정연하고 그 낭만적임이여!

밥맛이 어떻고, 직장이 어떻고
당신이 어쩌느니, 저 친구가 어떠느니
우리 인간들은 웬 그런 불평투성이인지
수목과 잎들로부터 사무치도록 배우자
묵묵히 자기 일만 해가는 성실함을……

하늘을 꽉 채우고 녹음을 가꿔 향기롭고
해맑은 바람! 우리들 살찌우는
5월의 푸르름이여! 새 정서 싹틔우는
한국의 싱싱한 여름을 위해 이 5월이
그리도 희망차구나!

우리의 이 가난한 마음에도
싱싱한 녹음방초의 계절에
많은 것을 가진 듯 넉넉해지며
풍선처럼 부풀어오르는 이 희망이여!

마음껏 활개치며 젊음을 즐기자오
뚜벅뚜벅 큰 발자국을 남기며
후회없이 살기 위해 이 풍광 속에
실컷 충전 위해 도취들 하자구요.

굴욕의 전철(前轍)은 이젠 그만

국가, 그것은 배타적 지경(地境) 안에서 공통의
가치와 이익을 누리자고 만든 제도 아닌가
배타적으로 확실한 존재가 바로 독립이다
독립은 가장 선명한 존엄이며, 명제다

자신의 독립이 소털만큼만 침해돼도 가장 예민하고
과격하게 튕겨야 한다
얼마나 다부지게 영토와 국민의 생명을
보호하느냐가 독립 수호의 증명이다

❶ 중국도 핵심 이익만은 정해 놓고 국가로서의
위엄을 과시한다
세상의 중앙에 빛나는 나라가 중화라고
으스대는 그들은 동쪽의 우리를 큰 활로
사냥이나 하는 오랑캐[동이(東夷)]들.
서쪽의 되놈[서융(西戎)]들,
남쪽의 큰 벌레[남만(南蠻)]들,
북쪽의 미개한 오랑캐[북적(北狄)]들이라
얕보며 제후처럼 천자를 받들라 하대(下待)
아닌 천대까지 했다 이거라

❷ 1592년 임진왜란에 한강 북쪽에 명(明)의
이여송 군과 그 남쪽의 토요토미 휘하의 왜군에게
양단점령 안 당한 게 뉘 공훈이었을고?
당대 영걸 유성룡, 윤두수, 이원익, 이항복,
이덕형, 이순신, 권율 등 기라성 같은
큰 별들이 있었기에 명(明), 왜를 당당히 격퇴시켰노라.

❸ 세상에 이럴수가, 북한 문제를 미국과 중국이
아니 미국과 일본이 걱정하는데
우리는 별로 할 일이 없다?
미국, 일본은 핵 대피 훈련하는데 우린 미국의 핵우산 밑에서
대피 훈련을 아니 해도 되는지
이 땅에서 일어나는 일로 내것을 잃을까
얼마나 걱정을 하고 있는지……
고려 말의 원의 지배, 조선의 사대친명 정치,
병자란과 인조의 항복, 36년 간의 일제 강점,
북의 남침에 군사 원조한 권위로 북을 휘어잡은 중국……
소름 끼치는 일들 생각 좀 하세

❹ 1894년의 갑오 민중혁명군을 역적들도 아닌데 진압 못하고
청·일을 불러들여 내 마당서 싸우는 중국, 쪽바리의 싸움을
힘없는 주인 보게, 팔짱 끼고 우두커니 바라만 봤다 이거……
조선 519년간의 사대 친명 정치는 피가 거꾸로 치솟음을
어이 참을 끼고…… 굴욕, 모멸, 분개, 절치, 전율, 비통의
연속이라. 말이 좋게 평화 애호의 민족이라고?
뒤집어 보면 그게 아니고, 나약, 무능, 문약, 졸렬
우유부단 때문. 그 못나고 창피한 역사로 전락하고
말았음을 그 뉘가 부정하랴.

❺ 중국 주석이 미 대통령에게
'사실 역사적으로 한반도는 중국의 일부였다'고 말해도
그 위중한 발언에 '마이동풍'으로 스쳐만 듣다니……
아직도 독립을 말해야 하는 슬픈 우리인가
두만강 저쪽 간도를 일제가 중국에 넘겨준 것을
주인인 우리는 일언반구도 내놓으라 주장 못하는 서글픔이여!

만절필동(萬折必東)

경기 가평의 조종(宗朝) 암자
우리는 소중화(小中華)로서, 거기를
성지로, 중국을 숭배 감사하며
천자(天子)를 알현하는 조종(朝宗)이라
했더라. 핫바지 조선의 몰골이렷다.
뿐인가 선조는 만절필동(萬折必東)을
써 남겼다니 얼굴을 둘 곳이
어디메뇨
요 사이도 주중한국대사가
중국 수석에게 만절필동을 남겼다니.
천대 받아야 쌀 민족이 아닌가 이거.
줏대없는 자들이여!

한시적 정권은 영속할 국권에
봉사해야지. 진영의 이익에
갇혀 나라의 이익을 소홀히 할 때
항상 독립은 손실되었다.
경제 이익에 팔려 안보이익이
흔들리면 독립이 물 건너간다.
작은 이익, 진영 이익을 벗고
눈높이를 올려 나라를 보자
우리 민족의 운명은 우리가 짓고
지은 만큼 행복을 누리며 살 것이다.

아! 4·16

꽃이 피고 져도
단풍이 지고 백설이 날려도
남은 자들의 눈앞엔 아무것도 없었다

자나 깨나
앉으나 서나

밥상을 받아도
길을 걸어도
한숨이요 그리움밖엔 아무것도 없었다

그리운 그 얼굴, 웃음 거두고 어디 갔느냐
어젯밤 꿈결에도 보았네
살려고 얼마나 허우적이다 영영 가 버렸느냐

하늘도 슬픈 듯 찌푸리어
온 나라에 눈물을 뿌리고

꽃들도 시든 듯이 고개를 떨구었네
새들 하느적하느적 맥없이 나는데
전국에서 추모집회가 열리나니
하던 일 멈추고 가슴을 쓸어내려
추모하세, 명복을 빌세

을미년(乙未年)의 꽃

땅 밑으로 은근히 연락되었나
걱정들이 태산이라
태양의 조화(造化)에 떠밀려
어쩔 수 없이 올해에도 피었다오

억장 무너지던 4·16
300여 위의 원통한 그 영혼들
아직 피지도 못한 그 아까운 꽃들이
어! 외마딧소리만 남기고
허우적, 허우적이다 영영 가버렸네

참으로 볼 낯이 없네
버릇을, 이 버릇을 어쩔 수 없어
이렇게 멋쩍게 피었다오

그저 다소곳이 고개 떨구고 있다가
그냥 시들께요, 떨어질께요
미안해요 너무나 미안해요

부디 환생하여 이 나라의 큰 일꾼이 되기만을
간절히 간절히 빈다오.

결대로 살자

변화무쌍한 삶의 파노라마 속에서
상황에 맞춰 결에 따라 살아가면
만사는 형통하리

휴식과 성찰로 과부족(過不足)을 조절하여
성찰하며 살자스라

새벽에 출근하여 밤 늦게 퇴근하는
모(某) 사원을 혀가 닳도록 칭찬하는
사장에게…… 친구는 말한다.
'생각은 언제 하고?'
'발전 없을 사원이롤세'

겸손만 하면 삶에 기쁨이 넘치고
형통이 따르며 허물 없고 적 없어
항상 마음이 평온하오리

많은 정보의 교환과 견줌 없는 생활은
내세울 발전은 있을 수 없네

작은 걸 탐내다 큰 걸 잃는 소탐대실(小貪大失)
우(愚)를 범하지 말자스라

원칙대로 경영하며 먼 곳에 점을 찍어 놓고
한 걸음씩 차근차근 엮어만 가자구요
힘들면 쉬며 자신을 돌아보고 서로 통하며
긴 안목으로 인생을 경영하자오

결대로만 살아가며 태산 같은 파도가
몰려와도 능수능란하고 여유 있게
서퍼처럼, 어이쿠 넘고!
또 받아 넘겨 7전8기 할 수 있을 거라오
천신만고도 이길 수 있고 말고……

해벽(海壁)

너를 믿는다
악질(惡質) 해적(海賊)같은 노도(怒濤)야
어지간히도 끈질기게
몇 억겁(億劫)토록
때리고 할퀴며 침공(侵攻)했느냐
오늘도 으르렁 처~ㄹ썩 으르렁 으르렁 처~ㄹ썩……

'그래도, 그래도 억세게 버티고 버티어
내 조국 강토를 지켰노라. 나는 해벽'

해벽도곤 강인한 배달의 사나이는
구백 수십 번의 외침(外侵)도
피튀기며 머리와 몸통으로
막았다 지켰다. 내 조국을

고로 이렇게 있노라
번창하는 오늘이……

백양사(白羊寺)

꿈틀꿈틀 백두대간 큰 명당 일궜구나
호남 제일이라 선망하는 사원이여
이게 뭐꼬?[是甚麼 ; 생각하는 이것이 무엇인가?]
내관(內觀)으로 깨달아, 고요한 마음의
기쁨으로 충만한 도량
온누리의 자랑 백양총림이라

백제 무왕조의 여환(如幻)선사
손발톱 닳궈 일으키니
천오백 년의 아스라한 역사여! 이게 파란 사원인가
고려 덕종 증축하여 정토사(淨土寺)라 불렀으며
조선(朝鮮) 전(前)의 각엄존자(覺儼尊子)
오랜 도량 되었더라

도량의 그 많은 선바라밀승(禪波羅蜜僧)
선미(禪味)로 가득터라
배불(排佛), 억불(抑佛)의 조선, 일제 슬기롭게 버틴 가람
영원할 붓다의 그 큰길을 감히 누가 막을손가
코발트색 저 하늘에 휘영청 밝은 달아
살며시 선방(禪房)을 비추는데
고요한 밤 풍경(風景)에 그윽한 풍경(風磬)소리
삼매경의 선승(禪僧)들을 오롯이 잠 재운다

─────── 선미(禪味) : 선(禪)의 수행으로 체득한 높은 경지

211

호수의 비를 보며

녹즙이 댕강댕강 떨어질 듯
잎들도 분명 한창이 있었다
가을 생각은 아예 접고 해만 보며 살았으리라

잠포록한 아침에 북새 뜨더니
고즈넉한 저녁 때에
비 머금은 마파람 불어 올리네

가을비 스산히 만상을 적시나니
그 잎들은 애면글면해 공을 남긴 채
번화한 고샅길을 살포시 덮었네

호수에 내리는 비를 넋 놓고 바라볼 제
내 마음의 빈자리를 건드는데
겅더리의 서나무만 하염없이 바라보다가
호젓이 먼 산으로 눈길을 옮긴다.

—————————— *고즈녁 : 호젓
*애면글면 : 전력 경주
*겅더리 : 앙상한 뼈

애국자

러군의 우크라 포위망은 좁혀지는데
닥쳐올 국난을 누가 막느냐?
'재외교포는 신속히 귀국들 하세요.'
대통령의 음성은 부르르 떨렸다…… 어이할거나

내 조국은 내가 지켜야지……
사격훈련하는 소년들, 그리고 80대 할머니
오! 그 애국심! 존경합니다.

병은 사지라. 요리저리 피하던 사대부요 양반들!
임란 때의 그 임금, 6·25피란 이대통령!
오! 그런 사람이 국민이여? 나라 대표인가?
병역 기피자야. 비국민이다. 할 말이 있나?

조상의 뼈가 묻히고, 후손이 살 이 땅을
목숨 바쳐 지켜야 할 의무 있잖아?
그 사람들이 애국자!

친일인사 692명 명단
(2002년 광복회보 게재)

1. 을사오적
권중현(농상공부대신), 박제순(외부대신), 이근택(군부대신),
이완용(학부대신), 이지용(내부대신)

2. 정미칠적
고영희(탁지부대신), 송병준, 이병무(시종무관장),
이완용(내각총리대신), 이재곤, 임선준, 조중응(농상공부대신)

3. 일진회
김명준, 서상윤, 송병준, 양재익, 염중모, 윤갑병, 윤길병, 윤시병,
이용구

4. 한일합방조약 체결 매국행위자
이완용(내각총리대신), 고영희(도지부대신), 민병석(궁내부대신),
박제순(내부대신), 윤덕영(시종원경), 이병무(친위부장관),
조민희(승녕부총관), 조중응(농상공부대신)

5. 1910년 합병당시 수작자
고영희(자작), 권중현(자작), 김병익(남작), 김사준(남작), 김사철(남
작), 김성근(자작), 김영철(남작), 김종한(남작), 김춘희(남작), 김학
진(남작), 남정철(남작), 민병석(자작), 민상호(남작), 민영규(자작),
민영기(남작), 민영소(자작), 민영린(백작), 민영휘(자작), 민종묵(남
작), 민형식(남작), 박기양(남작), 박영효(후작), 박용대(남작), 박재
빈(남작), 박제순(자작), 성기운(남작), 송병준(자작), 윤덕영(자작),
윤웅렬(남작), 윤택영(후작), 이건하(남작), 이근명(자작), 이근상(남
작), 이근택(자작), 이근호(남작), 이기용(자작), 이병무(자작), 이봉
의(남작), 이완용(李完用)(백작), 이완용(李完鎔)(자작), 이용원(남
작), 이용태(남작), 이윤용(남작), 이재학(후작), 이재곤(자작), 이재
극(남작), 이재완(후작), 이정노(남작), 이종건(남작), 이주영(남작),
이지용(백작), 이하영(자작), 이해승(후작), 이해창(후작), 임선준(자
작), 장석주(남작), 정낙용(남작), 정한조(남작), 조동윤(남작), 조동
희(남작), 조민희(자작), 조중응(자작), 조휘연(남작), 최석민(남작),
한창수(남작)

6. 합방 이후 수작자

고휘경(백작), 민건식(남작), 민충식(자작), 박경원(남작), 성주경(남작), 송병준(백작), 송종헌(백작), 이달용(후작), 이완용(후작), 이인용(남작), 이항구(남작), 임선재(자작), 장인원(남작), 정영두(자작), 조중수(자작), 최정원(남작), 한상억(남작)

7. 일본 귀족원 의원

김명준, 박상준, 박중양, 송종헌, 윤치호, 이기용, 한상용

8. 일본제국의회 의원

박춘금(중의원), 이진호(귀족원)

9. 애국자 살상자

김극일, 김대형, 김덕기, 김성범, 김영호, 김우영, 김태석(강우규 의사 체포한 고등경찰), 노기주, 노덕술, 도헌(형사), 문용호, 박종옥, 서영출, 양병일, 이성근(평북 고등과장), 이성엽(형사), 이원보(경기도 형사과장), 정성식(북부산경찰서 고등계주임), 최연, 최석현(애국지사 장진홍 체포), 하판낙, 허지

10. 작위를 받은 자

고흥겸(백작), 권태환(자작), 김석기(남작), 김세현(남작), 김영수(남작), 김호규(자작), 남장희(남작), 민영옥(남작), 민철훈(남작), 민형식(자작), 민홍기(자작), 박부양(자작), 박승원(남작), 이규환(남작), 이기원(남작), 이능세(남작), 이덕용(후작), 이범팔(남작), 이병길(후작), 이병옥(남작), 이영주(백작), 이원호(남작), 이장훈(남작), 이종승(자작), 이창훈(자작), 이충세(자작), 이해국(자작), 임낙호(자작), 정두화(남작), 조대호(자작), 조원흥(자작), 조중헌(남작), 한상기(남작)

11. 1910년 창설 당시 중추원

고영희(고문), 권중현(고문), 박제순(고문), 송병준(고문), 이근상(고문), 이근택(고문), 이완용(고문), 이재곤(고문), 이지용(고문), 이하영(고문), 임선준(고문), 조중응(고문), 조희연(고문), 권봉수(찬의), 김만수(찬의), 김사묵(찬의), 김영한(찬의), 남규희(찬의), 민상호(찬의), 박경양(찬의), 박승봉(찬의), 염중모(찬의), 유맹(찬의), 유정수(찬의), 이건춘(찬의), 이재정(찬의), 이준상(찬의), 정인흥(찬의), 조영희(찬의), 한창수(찬의), 홍승목(찬의), 홍종억(찬의), 고원식(부찬의), 구희서(부찬의), 권태환(부찬의), 김교성(부찬의), 김명규(부찬

215

의), 김명수(부찬의), 김준용(부찬의), 김한규(부찬의), 나수연(부찬의), 민건식(부찬의), 박재환(부찬의), 박희양(부찬의), 서상훈(부찬의), 송지헌(부찬의), 송헌빈(부찬의), 신우선(부찬의), 신태유(부찬의), 어윤적(부찬의), 엄태영(부찬의), 오재풍(부찬의), 윤치오(부찬의), 이도익(부찬의), 이봉노(부찬의), 이원용(부찬의), 정동식(부찬의), 정진홍(부찬의), 조병건(부찬의), 조제환(부찬의), 최상돈(부찬의), 한동이(부찬의), 허진(부찬의), 홍우철(부찬의), 홍운표(부찬의)

12. 도지사

강필성(황해), 고안언(평안북·평안남·경기), 고원훈(전북), 김관현(충남·함경남), 김대우(전북·경북), 김동훈(충북), 김병태(황해·전북), 김서규(전남·전북·경북), 김시권(함경북·전북·강원), 김윤정(충북), 남궁영(충북), 박상준(강원·함경북·황해), 박영철(강원·함경북), 박재홍(충북·충남), 박중양(충남·황해·충북), 석진형(충남·전남), 손영목(전북·강원), 송문헌(황해·충남), 신석린(강원·충남), 신응희(함경남·황해), 엄창섭(전남·경북), 원응상(강원·전남), 유만겸(충북), 유성준(강원·충남), 유진순(충남), 유혁노(평안북·충북), 유홍순(강원), 윤갑병(강원), 윤태빈(강원·충북), 이규완(강원·함경남), 이기방(충남), 이두황(전북), 이범익(강원·충남), 이성근(충남), 이원보(전북), 이진호(평안남·경북·전북), 이창근(충북·경북), 장헌식(충북·전남), 정교원(황해·충남·충북), 정연기(전북), 조희문(황해), 한규복(충북·황해), 홍승균(충북·전북)

13. 조선총독부 국장

김시명(전주·전매), 노윤적(관립한성고등여교장겸 학부편집), 엄창섭(학무), 유맹(내무토목), 이진호(조선총독부학무), 한동석(전주·전매)

14. 도(道)참여관

강필성(전남·함경남), 계광순(강원), 고원훈(전남·경북·평안남·경기·평안북), 구두경(경북), 구자경(경북), 권중식(평안남), 김관현(함경북·전남), 김대우(전남·경남), 김덕기(평안북·경남), 김동훈(경기), 김병태(평안남), 김상연(강원), 김서규(함경북·평안남), 김시권(경북), 김시명(황해), 김영배(황해), 김영상(전북·함경남·황해·평안남), 김영진(함경북·함경남·경남·경북·전북), 김영한(황해), 김완목(충북), 김우영(충남), 김윤정(전북·경기), 김창영(전남), 김창한(황해), 김태석(함경남·경남), 김한목(충북), 김화준(충북), 남궁영(충남·경남), 유

216

시환(함경북), 박상준(평안남), 박승봉(함경남·평안남), 박영철(함경북·전북), 박용구(경기·전남·전북), 박재홍(평안남), 박철희(충북·전남), 백홍기(황해), 상호(충북·경남·함경남), 서기순(충남), 서상면(충북), 석명선(강원), 석진형(전남), 손영목(강원·경남), 송문헌(강원·함경남), 송문화(평안북), 송찬도(함경북), 신4석린(경남·경북), 심환진(경남·황해), 안종철(충북), 양재하(충북), 노윤적(경기), 엄창섭(경남·함경남), 원은상(충북), 원응상(전남), 유기호(강원·황해·경북·평안남), 유만겸(평안북·경북·평안남·충남), 유성준(충북·경기), 유승흠(함경남), 유시환(함경북), 유진명(황해), 유진순(평안북·평안남·강원), 유진순(평안북·평안남·강원), 유혁노(경기), 윤갑병(평안북·경북), 윤상희(전북), 윤태빈(경기), 이계한(강원·경기), 이기방(황해·함경북), 이범래(함경북·평안남), 이범익(경남), 이성근(함경북), 이원보(평안북·전남), 이봉영(함경북), 이종국(평안남), 이종국(함경남·평안남), 이종은(전북), 이창근(경북·경기), 이택규(충남·충북), 이학규(강원), 이해용(함경북·경북), 임문석(충남), 임헌평(경기), 장기창(평안북), 장석원(황해·함경남), 장윤식(황해·충북), 장헌근(함경북), 장헌식(평안남), 정교원(전북·전남), 정난교(충남), 정연기(전북), 정용신(경북), 조경하(충남), 조병교(함경남), 조종춘(강원), 주영환(충남·경남·평안남), 최익하(평안북), 최정덕(경북·경남), 최지환(평안북·충남), 최창홍(충북), 한규복(충남·경북), 한동석(황해), 현헌(강원), 홍승균(경북), 홍영선(전남·함경남), 홍종국(강원)

15. 1911년~1915년 중추원

(부의장) 이완용.

(고문) 권중현, 이근상, 이근택, 이재곤, 이하영, 임선준, 장석주, 조중응, 조희연, 한창수.

(찬의) 강경희, 남규희, 박경양, 박승봉, 박제빈, 박중양, 윤치오, 이건춘, 이겸제, 이재정, 조영희, 홍승목.

(부찬의) 권태환, 김필희, 민건식, 박제환, 성하국, 송헌빈, 신태유, 어윤적, 오제영, 유흥세, 이항식, 이만규, 이봉노, 이항식, 정동식, 정병조, 조병건, 조원성, 조재영, 최상돈, 허진, 홍운표, 홍재하.

16. 1916년~1920년 중추원

(고문) 민상호, 조민희

(찬의) 강경희, 박중양, 조희문

(부찬의) 김낙헌, 김한목, 민원식, 서회보

17. 1921년~1925년 중추원
(부의장) 이완용.
(고문) 민영기, 박영효, 송병준, 이하영.
(부찬의) 김현수.
(참의) 김영한, 김한목, 남규희, 민상호, 민영찬, 민형식, 박승봉, 박이양, 박제빈, 서상훈, 신응희, 어윤적, 엄준원, 염중모, 유맹, 유성준, 유정수, 유혁노, 이건춘, 이겸제, 정진홍, 조민희, 조영희, 조희문, 강병옥, 고원훈, 권태환, 김갑순, 김교성, 김기태, 김명규, 김명준, 김연상, 김영무, 김정태, 김준용, 김필희, 김현수, 노창안, 나수연, 민건식, 민영은, 박기순, 박봉주, 박이양, 박제환, 박종열, 박희양, 방인혁, 서병조, 선우순, 송종헌, 송지헌, 신석우, 신태유, 오재풍, 유기호, 유빈겸, 유흥세, 윤치소, 이근우, 이도익, 이동우, 이만규, 이병학, 이택현, 이항식, 장도, 장인원, 전석영, 정동식, 정병조, 정순현, 정재학, 조병건, 천장욱, 최석하, 피성호, 한상황, 한영원, 허명훈, 현은, 구연수, 김춘희, 현기봉.

18. 1926년~1930년 중추원
(부의장) 박영효, 이완용.
(고문) 고희경, 권중현, 민병석, 윤덕영, 이윤용.
(참의) 김영진, 민상호, 민영찬, 박기양, 박상준, 박승봉, 박의병, 박중양, 백인기, 상호 서상훈, 신석린, 신응희, 어윤적, 엄준원, 염중모, 유맹, 유성준, 유정수, 조진태, 조희문, 한상룡, 한진창, 권태환, 김갑순, 김명규, 김명준, 강병옥, 김상설, 김상섭, 김창한, 노창안, 박경석, 박기동, 박종렬, 박흥규, 선우순, 송지헌, 송종헌, 신창휴, 심준택, 심환진, 안병길, 양재홍, 오재풍, 오태환, 원덕상, 유익환, 유흥세, 이강원, 이기승, 이동우, 이병열, 이택규, 이항식, 이흥재, 이희덕, 장대익, 장상철, 장응상, 장직상, 정난교, 정순현, 정태균, 정호봉, 최석하, 한영원, 한창동, 홍성연, 김윤정, 김한목, 김희작, 남규희, 민병석, 박기순, 원응상, 윤갑병, 윤정현, 장헌식, 정건유.

19. 1931년~1935년 중추원
(고문) 민병석, 윤덕영, 이윤용.
(참의) 김관현, 김명준, 김서규, 김윤정, 남궁영, 민상호, 박영철, 박용구, 어담, 엄준원, 염중모, 유정수, 유진순, 이진호, 장헌식, 조성

근, 최린, 한규복, 한진창, 고일청, 김도현, 김두찬, 김병규, 김사연, 김상설, 김상형, 김영택, 김정호, 김종흡, 김한규, 김한승, 박기석, 박종렬, 박철희, 박희옥, 석명선, 선우순, 송지호, 신희연, 오태환, 유승흠, 유태설, 이경식, 이교식, 이근우, 이기승, 이동우, 이명구, 이방협, 이병렬, 이선호, 이충건, 이택규, 이희덕, 장대익, 정관조, 정난교, 정대현, 정석모, 최양호, 최윤주, 최인국, 최창조, 한영원, 현헌, 현준호, 강필성, 김병원, 김성규, 김제하, 박상준, 어윤적, 유성준, 진희규, 홍종철.

20. 1936년~1940년 중추원

(부의장) 민병덕, 민병석, 윤덕영.

(참의) 고원훈, 김관현, 김명준, 김영진, 남궁영, 박두영, 박상준, 박영철, 박용구, 박중양, 서상훈, 신석린, 어담, 엄준원, 유정수, 유혁노, 윤갑병, 이겸제, 이범익, 이진호, 장헌근, 정교원, 조경하, 조성근, 조희문, 주영환, 한규복, 한상룡, 홍종국, 강심, 강동희, 김경진, 김기수, 김기홍, 김상회, 김신석, 김정석, 김진수, 김창수, 김한목, 남백우, 노영환, 문종구, 민병덕, 박보양, 박봉진, 박철희, 박희옥, 방의석, 방태영, 서병조, 서병주, 석명선, 성원경, 손재하, 손조봉, 안종철, 오세호, 원덕상, 유태설, 이경식, 이근수, 이기찬, 이승우, 이은우, 이종섭, 이진호, 이희적, 인창환, 장석원, 장직상, 장헌근, 정난교, 정석용, 정대현, 정해붕, 조병상, 주영환, 지희열, 최윤, 최남선, 최준집, 최지환, 하준석, 현헌, 현준호, 홍치업, 홍종국, 유만겸.

21. 1941년~1945년 중추원

(부의장) 박중양, 이진호.

(고문) 김윤정, 박중양, 윤치호, 이범익, 이진호, 한상용.

(참의) 고원훈, 김관현, 김명준, 김사연, 김연수, 김영배, 김영진, 김우영, 김윤정, 김태석, 김화준, 박두영, 박상준, 서상훈, 신석린, 안종철, 원덕상, 유만겸, 유진순, 이겸제, 이경식, 이계한, 이병길, 이원보, 장직상, 장헌식, 정교원, 정난교, 정연기, 진학문, 최린, 한규복, 강이황, 권중식, 김경진, 김동준, 김병욱, 김부원, 김사연, 김신석, 김원근, 김재환, 김태준, 김화준, 노준영, 민재기, 박지근, 박창하, 박필병, 방의석, 서병조, 손창식, 송문화, 신현구, 양재창, 원병희, 위정학, 이경식, 이기찬, 이승우, 이신용, 이영찬, 이익화, 이종덕, 임창수, 장용관, 장윤식, 장준영, 장직상, 전덕용, 조병상, 조상옥, 차남

진, 최윤, 최승렬, 최정묵, 최준집, 한익교, 한정석, 현준호, 황종국, 김하섭, 문명기, 이승구.
(서기장관) 엄창섭.

22. 조선총독부 사무관

강원수, 강필성, 계광순, 고안언, 구연수, 구자경, 권중식, 길원봉, 김대우, 김덕기, 김동훈, 김병욱, 김병태, 김성환, 김시권, 김시명, 김영년, 김영배, 김영상, 김우영, 김진태, 김창영, 김태동, 김태석, 김화준, 김희덕, 남궁영, 노영빈, 박규원, 박용구, 박재홍, 손영목, 송문헌, 송문화, 송찬도, 양재하, 엄창섭, 유만겸, 유시환, 유홍순, 윤상희, 윤종화, 윤태빈, 이계한, 이기방, 이동진, 이범승, 이범익, 이병석, 이성근, 이원보, 이종국, 이창근, 이해용, 이현전, 임문석, 임승수, 임헌평, 장기창, 장수길, 장윤식, 장헌식, 전지용, 정교원, 정규봉, 정민조, 정연기, 정용신, 조경하, 조종춘, 주영환, 진염종, 차윤홍, 최경진, 최병원, 최익하, 최창홍, 최하영, 한동석, 한종건, 현석호, 홍승균, 홍영선, 홍종국, 홍헌표.

23. 조선총독부 판사·검사

김락헌(조선총독부 판사), 민병성(京城復審법원검사), 이선종(조선총독부平壤覆審법원검사), 홍승근(조선총독부大邱覆審법원검사).

24. 밀정

강락원, 김동한, 김인승, 박두영, 박석봉, 배정자, 선우갑, 선우순, 오현주, 이종영, 이준성, 장문재, 장우형, 정병칠, 최정규.

25. 친일단체

김명준, 김한규, 민영기, 민영휘, 박제빈, 박춘금, 선우갑, 선우순, 송병준, 신석린, 염중모, 윤갑병, 윤시병, 윤치호, 이동우, 이병열, 이완용, 이용구, 이윤용, 조중응, 조진태, 한상용.

26. 조선총독부 군인

김석원, 김창용, 박두영, 어담, 이병무, 정훈, 조동윤.

27. 경시

강경희, 강보형, 강진풍, 계광순, 구연수, 구자경, 권오용, 권중익, 권태형, 길흥경, 김계현, 김극일, 김대원, 김덕기, 김동선, 김명환, 김상순, 김상욱, 김소직, 김승련, 김영배, 김영수, 김영찬, 김우종, 김

220

윤복, 김은제, 김인영, 김종원, 김준권, 김창영, 김창림, 김태석, 나구하, 노기주, 노덕술, 노인국, 마현희, 문진상, 박근수, 박인종, 박장환, 박재수, 박정노, 박준호, 박희정, 변영화, 서기순, 서상용, 소진은, 손석도, 안경선, 안형식, 엄주면, 연태윤, 오석유, 오세윤, 윤병희, 윤종화, 이계한, 이성근, 이원보, 이재붕, 이종국, 이종식, 이창우, 이헌규, 임호영, 임흥재, 장강선, 장기창, 장우근, 장우식, 장헌근, 전봉덕, 전영찬, 전창림, 정기창, 정충원, 조성구, 조연광, 조종춘, 조종훈, 조창현, 주익상, 채규병, 최연, 최탁, 최경진, 최기남, 최석현, 최지환, 최창홍, 최태현, 표한용, 한동석, 한석명, 한정석, 한종건, 허섭, 현기언, 황신태, 황태근.

28. 군수산업 관련자

고원훈(조선항공공업주식회사 설립 중심인물), 고한숭(송도항공기주식회사 사장 개성경방부단장), 김계수(비행기 헌납, 조선항공공업주식회사 대표), 문명기(비행기 헌납), 박두영(금강항공공업주식회사 고문), 박흥식(조선비행기주식회사 설립), 방의석(애국기 2대 헌납), 배영춘(비행기 1대 헌납), 백낙승(비행기 1대 헌납), 신용옥(비행기 헌납), 이영개(금강항공공업주식회사 대표), 최주성(비행기 1대 헌납).

29. 조선총독부 판사

김준평, 노상구, 문택규, 백윤화, 양원용, 오승근, 오완수, 원종억, 윤성보, 이명섭, 이상기, 이우익, 이충영, 장기상, 조진만, 한상범.

30. 고등형사

김병태, 김석기, 김영기, 배만수, 심량체, 오세윤, 이대우, 이종하, 장인환, 홍사묵.

31. 반민족행위자처벌법에 근거한 친일반민족 행위자(기타)

고일청, 김기진, 김길창, 김동환, 김문집, 김연수, 김용제, 김태흡, 김희선, 박석윤, 박영희, 박춘금, 박흥식, 박희도, 방의석, 배정자, 서춘, 서범석, 서병조, 서정주, 손영목, 신용옥, 신태악, 신흥우, 양주삼, 원덕상, 유진순, 윤치호, 이각종, 이광수, 이산연, 이석규, 이성근, 이성환, 이승우, 이영근, 이영찬, 이인직, 이종욱, 이종린, 이진호, 이회광, 이희적, 임창수, 임흥순, 장석원, 장우식, 장인원, 장직상, 장헌근,장헌식, 전부일, 전필순, 정교원, 정국은, 정인과, 정인익, 정춘수, 조병상, 주요한, 진학문, 차남진, 차재정, 최린, 최남선, 최승렬, 최재서, 최정묵, 최준집, 한상룡, 허영호, 현영섭, 현준호, 홍승균.

32. 집중 심의대상(16명)

① 고황경(일제 국방비 지원단체인 <애국금채회> 간사, 일제전쟁지원단체인 <조선임전보국단 부인대> 지도위원).

② 김활란(<애국금채회> 간사, <조선임전보국단 부인대> 지도위원).

③ 모윤숙(친일단체인 '조선문인협회' 간사, '국민의용대총사령부' 간사).

④ 박인덕(일제 전쟁지원단체인 <임전대책협의회> 실천위원, <조선임전보국단 부인대> 지도위원).

⑤ 송금선(<국민총력조선연맹> 연성부 연성위원, <임전대책협의회> 의원).

⑥ 황신덕(<국민총력조선연맹> 평의원, <조선임전보국단> 부인대).

⑦ 김은호(일제 군국주의에 동조하는 내용의 '금채봉납도' 헌납, '반도총후미술전'의 일본화부 심사위원).

⑧ 심형구(<국민총력조선연맹> 문화부 문화위원, 친일단체인 <조선미술가협회> 서양화부 이사).

⑨ 현제명(친일단체인 <조선음악협회> 이사, 전시선전단체인 <경성후생실내악단> 이사장).

⑩ 홍난파(친일단체인 <조선음악가협회> 상무이사, 친일가요 '정의의 개가' 작곡).

⑪ 이능화(<조선총독부 학무국편집과> 편수관, <국민총력조선연맹> 문화부 문화위원).

⑫ 정만조(경학원 부제학·대제학, 조선총독부 중추원 촉탁).

⑬ 김성수(일제 전쟁지원 조직인 <국민정신총동원조선연맹> 발기인·이사, <임전대책협의회의> 위원).

⑭ 방응모(친일잡지 「조광」 창간, <국민정신총동원연맹> 발기인, 고사포 구입·기증, 조선항공공업사에 자본 출자).

⑮ 장덕수(<국민정신총동원조선연맹>의 '국민정신선양 각도 강연' 연사, 후생부 후생위원, '징병의 감격을 말함' 등 친일 논설 다수).

⑯ 권상노(친일강연 '선각자로서', <국민정신총동원조선연맹>의 '국민정신선양 각도 강연' 연사).